이 책에 실린 사진들은 미황사에 머물고 다녀간 이들이 찍은 작품이거나 모습입니다.
협조해 주신 모든 분들께 감사드립니다.

땅끝마을 아름다운 절

금강 스님

불광출판사

8.

미황사는

예나 지금이나 멀리서 찾아오는 이가 많다.

마음의 휴식, 참선수행, 아름다운 풍광, 템플스테이에 이끌려 멀리서 혹은 가까이에서 다양한 마음을 안고 온다. 세상의 힘든 일들과 마주한 사람들이 '참사람의 향기'에 참여하고, 템플스테이에 다녀간 뒤 한결 밝아진 모습으로 다시 찾아왔을 때 '그동안 헛살지만은 않았구나. 그래, 애썼어.' 스스로 다독이고, 위로한다. 이렇게 인연되어 만났던 사람들 덕분에 나도 잘 살 수 있었다.

처음에는,

땅끝마을의 작은 절 하나가 사람들에게 희망을 주는 곳이 되기를 바라는 한 가지 마음뿐이었다.

오래도록 돌을 쌓고, 나무를 베고, 집터를 찾고, 의미 있는 건물을 하나 둘 더해갔다. 그 속에 사는 사람들은 이야기를 더했다. 해넘이 해맞이, 마을 당제, 설날 세배와 윷놀이, 재가자 참선수행, 어르신노래자랑, 한문학당, 마실 가기, 괘불재, 산사음악회, 작은 학교 이야기 등 미황사 공동체에서 일어나는 소소한 일상들이 꽃과 향기를 피우기 시작했다.

석가모니 부처님은 오래된 인도 땅에 차별이 없고 평등한 '승가'라는 아름다운 이름의 수행 공동체를 만들었다. 나도 이런 공동체를 만들어보고 싶었다. 땅끝마을 사람들의 의지처가 되고, 삶에 지친 도시인들에게 마음의 고향이 되는 곳을 만드는 일이다.

이제서야 밝히지만 은사 지운 스님은 백 년 동안 폐사나 다름없던 절에 마당을 넓히고 축대를 쌓느라 붓글씨 쓰는 손이 부서졌다. 전 주지 현공 스님은 25년 동안 일주일 넘게 산문 밖을 나간 적 없이 살면서 집짓고, 돌담 쌓고, 나무를 심었다. 두 분의 원력으로 미황사는 아름다운 작품이 되었다.

월간 '불광'에 2년 동안 한 달 한 달 살아가는 흔적들을 기록하였더니 한 권의 책으로 엮어주었다. 마음의 고향을 찾는 이들에게 맑은 작설차 한 잔이 되었으면 좋겠다.

금강 두손 모음

10.

희망발원

11.

12.

땅끝에서 시작 하는

희망의 발원

해넘이 해맞이

땅의 끝, 땅끝마을. 그리고 한 해의 마지막 날, 12월 31일. 끝과 마지막은 아쉬움과 그리움을 동반한 말이다. 더는 나아갈 수 없는 땅이라 애잔하고, 더는 만날 수 없는 시간들이라 애달프다. 그래서 사람들은 12월 31일 땅끝을 찾아와 그 땅의 끝에 서보고자 한다. 허나 땅끝이 끝이기만 하던가. 끝인 동시에 시작의 첫발을 내딛는 곳이기도 하지 않던가. 그래서 사람들은 땅끝에 서서 다시 열리는 시작이 찬란하기를 희망하는 것이다.

미황사. 땅끝과 12월 31일 사이에서 낯선 듯, 그러나 너무나 익숙한 모습으로 자리한 절이다. 미황사는 해넘이가 가장 아름다운 곳이다. 풍광이 아름다운 곳이야 여럿 있지만 사람과 건축물이 하나인 듯 조화롭게 어울리는 곳으로는 가히 최고라 할 수 있다. 산과 절만 있으면 밋밋할까 봐 절 앞에 넓은 남해를 펼쳐놓아 해가 지는 절경을 선사한다.

나를 비우니
청정함이 충만하다

10년 전(2000년) 해넘이와 해맞이 행사를 시작했다. 한 해를 보내고, 새해를 맞이함에 있어 여럿이 함께 해도 좋을듯하여 시작한 일이었다. 12월 31일 밤부터 1월 1일 아침까지 많은 사람들과 함께하는 행사이다.

겨울에는 난방이 안 되어 사용하기 어려운 자하루를 주요 행사장으로 사용한다. 춥기는 하지만 난로 세 개 정도 켜고 바닥에 카펫을 깔면 행사장으로는 손색이 없다. 법당이 아니어서 새로 불단을 만들어야 하는 번거로움이 있긴 하지만 200명 넘는 사람이 함께 모이기에는 맞춤한 장소이다. 미황사 중건 초창기에 은사 스님이 땅속에 묻혀있던 불두(佛頭)를 캐 응진당 담벼락 위에 모셔두었는데 이 날은 '자하루 법당'의 주불님이 되어 주신다. 그리고 오래전에 경주박물관에서 탁본한 부처님 불두상을 후불탱화로 하고 꽃 장식을 하면 다시없이 멋진 불단이 완성되는 것이다.

여러 해 거듭 행사를 열고 보니 이제 전국에서 찾아온다. 외국인들도 여럿 눈에 띈다. 저녁예불을 마치면 본격적인 행사가 시작된다. 사찰 예절을 익히고 '참회 정진'을 하는 것이다.

미황사에는 가끔 비구니 스님들이 『자비도량참법』이라는 책을 들고 와서 일주일 정도 참회 기도를 하곤 한다. 이 책은 전체적으로 자신의 삶을 돌아보는 데 초점을 맞추어 쓴 책이다.

옛날 달마 대사가 중국에 처음 도착하자마자 그를 왕궁에 초청했던 양무제라는 황제가 있었다. 그 양무제가 황후 치씨의 안타까운 죽음을 천도하기 위해 스님들을 초청하여 지었다는 책이 바로 『자비도량참법』이다. 그 책을 보면서 참회를 하면 저절로 3천배를 하게 되어 있다. 현대적 언어로 풀이한 이 책을 가지고 법사와 대중이 번갈아 가며 읽고 절을 하는 방식으로 참회 정진은 진행된다.

오늘 미황사 청정도량에서 대중이 함께
삼보전에 귀의하고 참회 발원하나이다.
원컨대 저희들이 오늘부터 깨닫는 날까지 일체의 나쁜 행동을 멀리하고,
일체의 착한 행을 닦으며,
일체의 잘못된 소견과 일체의 잘못된 행위를 버리고,
올바른 안목으로 수행하며,
일체의 자기중심적인 욕심을 버리고 모든 중생을 향하여 헌신하고 회향하는
부처님과 같은 발원과 부처님과 같은 마음 씀을 잃지 않게 하소서.

글을 합송하며 일 배 일 배 절을 올리다 보면 자기도 모르게 자신의 삶을 돌아보고 올바른 삶에 대한 다짐을 하게 되는 것이다. 이렇게 1년의 마지막 날을 몸으로 절을 하며 참회하는 것이다. 한해를 마무리하며 몸으로 절하는 것은 중요한 일이라 생각한다. 절은 비우는 행위이다. 이마와 두 팔과 두 무릎이 땅에 닿게 절을 하는 오체투지는 마치 그릇을 비우듯 나를 비우는 중요한 공부이다. 다섯 감각기관이 끝없이 욕심 부리는 것을 비우고, 나라는 생각에 싸여 일어나는 갖가지 감정들을 비우고, 잘못된 가치관이나 오만과 편

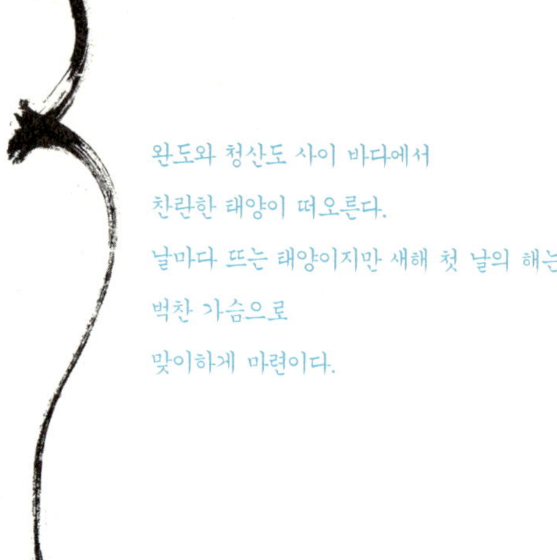

완도와 청산도 사이 바다에서
찬란한 태양이 떠오른다.
날마다 뜨는 태양이지만 새해 첫 날의 해는
벅찬 가슴으로
맞이하게 마련이다.

견을 비우는 것이 절이다. 그리하여 잘못된 행위와 마음씀이 정화되었을 때 비로소 청정함이 채워지고, 고요함이 채워지고, 지혜가 채워지는 것이다.

"먼저 행복하고 먼저 자유로워지겠습니다"

참회 정진의 시간이 끝나면 잠깐의 휴식 시간이 있다. 그리고 1월 1일 0시가 되면 종각에 모두 모인다. 두 사람씩 짝을 지어 종을 친다. 종소리는 종을 치는 이들의 번뇌를 싣고 멀리 멀어져갔다 새 희망의 종소리가 되어 되돌아온다.

종을 친 이들은 연등을 들고 부도전까지 산길을 밝히며 다녀온다. 눈 덮인 하얀 밤길을 걸어서 걸어서 새해를 밝힌다. 눈 덮인 길을 걸을 때에는 헤매지 말고 바르게 걸으라는 서산 대사의 시구처럼 새해의 첫 발길을 흰 눈 위에 새긴다.

새벽예불을 마치고는 이른 떡국을 한 그릇씩 비우고 산길을 나선다. 산에 올라 새해 첫 날의 태양을 가슴으로 받아 안을 차례다.

달마산은 그리 높지 않지만 새벽을 밟으며 더딘 걸음으로 산행한 터라 등줄기엔 땀이 흥건히 밴다. 헉헉대며 가쁜 숨을 몰아쉴 즈음 드디어 달마산 정상에 도착한다. 그러면 이내 완도와 청산도 사이 바다에서 찬란한 태양이 떠오른다. 날마다 뜨는 태양이지만 새해 첫 날의 해는 벅찬 가슴으로 맞이하게 마련이다. 새해 내내 저 태양처럼 기운찬 일만 가득할 거라 믿고 싶어진다. 더구나 다도해 섬과 호수 같은 바다, 달마산의 기암괴석이 한데 어우러진 절경에서 맞이한 해맞이가 아닌가?

새해 아침에 부처님 전에 발원합니다.

종이 울립니다.

지난 한해의 모든 갈등과 반목 그리고 회한까지도 모두 종소리에 실어 보내며

오늘 여기서 또 다시 새날을 맞이합니다.

새로운 희망과 새로운 각오로 새해 새날을 시작합니다.

가슴 벅찬 마음으로 두 손 모아 감사히 받아들이겠습니다.

눈빛 하나, 손짓 하나, 몸짓 하나에 사랑을 담아

만나는 이마다 행복하게 하겠습니다.

먼저 행복하고 먼저 자유로워지겠습니다.

이만큼 있어야, 이렇게 되어야 할 수 있는 일이 아님을 알아

적으면 적은 대로, 부족하면 부족한 대로 나눠 갖는 보살이 되겠습니다.

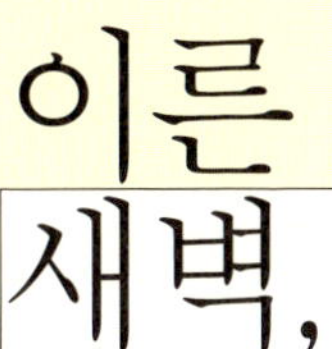

이른
새벽,

먼 산을
치고
되돌아
오는

범종
소리를
들어
보라

새벽예불

내가 사는 곳은 우리나라 지도를 펼쳐놓고 보면 위도 상으로 육지의 맨 끝 지점인 해남 땅끝마을이다. 농사와 어업을 주로 하는 노인들이 신도의 대부분이다. 한 달에 한 번 초하루법회를 하는 날이면 재미가 있다. 둥글게 앉아서 주거니 받거니 나누는 대화가 법문이다.

지난해 겨울 문득 우리 신도들에게 해인사 새벽예불을 만나게 하고 싶었다. 동안거 중에 대중처소에 방문한다는 것은 큰 결례가 된다. 그러나 해인사 새벽예불이 주는 감동을 함께 나누고 싶은 마음이 앞섰다. 해인사 소임자 스님께 간곡하게 부탁을 드렸다.

"우리 시골 신도들에게 해인사 젊은 스님들의 새벽 우렁찬 예불소리를 들려주고 싶으니 방문을 허락해 주세요."

그렇게 해서 많지 않은 노보살님들과 해인사 성지순례를 떠나게 되었다. 무엇보다 새벽 일찍 일어나서 예불을 하고, 아침 간경을 하고, 공부를 하는 수행자의 자잘한 일상을 보여주고 싶었다. 내심 크게 부러워하는 마음이 오롯이 새겨지기를 바랐다. 그래서 '이 다음 생 언젠가는 나도 이들과 같이 맑디맑은 신심을 내어 청정한 수행자가 되고자 합니다', 그렇게 발원하는 마음이 샘솟기를 바랐다. 텔레비전이나 라디오, 신문에 해인사가 곧잘 나오니 그때마다 회상하고 다짐한다면 변화하는 날도 오지 않겠나 싶었다. 내 예상이 얼마나 맞았는지 아직 알 수는 없다. 하지만 노보살님들이 주고받는 그 말 속에서, 그들이 보고 느낀 게 무엇이었을지 짐작이 간다.

"우리 미황사만 큰 절인줄 알았더니 해인사에 비교하면 애기입디다."

"우리 주지 스님보다 젊은 스님들이 겁나게 많드만요."

중생의 꿈과 미혹을 일깨우는 도량석

누구에게나 그렇듯이 처음의 일은 언제나 기억 속에 오래 남는다. 스무 살 나이로 출가하여 어려운 행자생활을 했던 곳이 해인사이다. 그때나 지금이나 우리나라에서 가장 많은 스님들이 모여 살고 있는 곳이기도 하거니와, 가야산의 기백이 자연스레 스님들의 생활에도 배어 우렁차기가 비교할 곳이 없다.

겨울철, 모든 생각을 여의고 차디찬 공기 속에서 만났던 해인사 새벽예불. 초발심 행자와 차디찬 겨울 새벽예불의 만남. 어쩌면 내가 수행자로서 묵묵히 걸어갈 수 있는 것도 그때 해인사 새벽예불 때 마음에 새겼던 맑은 신심 덕분이 아닌지 모르겠다.

절에서의 새벽은 도량석(道場釋, 도량을 청정히 하고 모든 중생을 깨우기 위하여 목탁을 치며 도량 주위를 도는 의식)에서부터 시작한다. 스님 한 분이 이른 새벽에 법당 문을 열고 부처님 앞에 촛불을 켠다. 그 후 다기(茶器) 잔에 맑은 물을 가득 담고 향을 사룬다. 그런 다음 마당 한가운데에서 삼배를 드리고, 목탁을 치면서 도량을 깨운다.

새벽녘 어둠을 멀리 몰아내고 밝음으로 풀어내는 의식이다. 중생의 번뇌를 몰아내고 깨달음으로 마음을 낸다는 의미이다. 중생의 꿈과 미혹을 일깨우는 법문인 것이다.

동방을 씻어내어 맑은 도량 이루고
남방을 씻어내어 청량함으로 장엄하고
서방을 씻어내어 안락정토 만들고
북방을 씻어내어 영원토록 평안한 곳 이룹니다.

도량이 청정하여 더러움 없사오니
삼보님과 천룡님네 이 도량에 오시옵소서.

나도 부처가 되어보겠다는 발원의 시간

도량석이 끝나면 불전사물(佛殿四物)이 울린다. 불전사물은 법고, 목어, 운판, 범종이다. 법고는 땅 위의 생명, 목어는 물속의 생명, 운

새벽예불은 그대로가 법문이다.
나도 부처가 되어보겠다는 발원의 시간이다.
하늘, 바다, 땅 위, 땅 속의
뭇 생명과 더불어
깨달음을 이루자는 약속의 시간이다.

새벽예불이 경건하고 거룩한 시간이 될 수밖에 없는 이유가
거기에 있다.

판은 하늘을 나는 중생, 범종은 땅 밑의 중생들에게 들려주는 법문이다. 모두 이 법회에 참여하여 함께 예배하고 다 같이 깨달음의 세계로 나아가자는 대승보살의 마음이다. 나 하나의 수행이 아니라 모든 중생이 함께하는 수행. 나 혼자의 성불이 아니라 일체의 중생이 함께 성불하자는 지극한 마음이 담겨 있다.

법당에서 작은 종이 108번 울린다. 108번뇌를 각성시키는 부처님의 음성이다. 절에서는 말이 필요하지 않다. 목탁소리, 법고소리, 종소리면 족하다. 그 소리에 눈뜨고 법당으로 향한다. 어둠에서 밝음으로, 어리석음에서 지혜로, 중생세계에서 부처님의 세계로 나아가는 것이다.

큰 절, 삼배를 드린다. 욕심과 분노와 어리석음을 비우고 청정함과 고요함과 지혜로움으로 채우는 절을 올린다. 새벽에 부처님께 드리는 게송은 맑은 신심을 드러낸다.

제가 지금 맑은 청정수를
감로의 차로 변하게 하여
불법승 삼보전에 받들어 올리오니
원컨대 어여삐 여겨 거두어 주옵소서.

청정수는 신심이며, 감로의 차는 깨달음이다. 맑디맑은 신심으로 깊은 수행을 하여, 영원한 생명의 자리인 깨달음의 본질을 드러내겠다는 마음을 내는 게송이다.

이렇듯 새벽예불은 그대로가 법문이다. 나도 부처가 되어보겠다는 발원의 시간이다. 하늘, 바다, 땅 위, 땅 속의 뭇 생명과 더불어 깨달음을 이루자는 약속의 시간이다. 새벽예불이 경건하고 거룩한 시간이 될 수밖에 없는 이유가 거기에 있다.

겨울 산사 새벽의 찬 공기는 정신을 번쩍 나게 하는 효험이 있어 절에서 생활하면서 내가 가장 좋아하는 시간이다. 사람들이 가끔 묻는다.

"미황사는 언제 가장 아름다운가요?"

그때마다 나는 주저 없이 대답한다.

"새벽예불, 그때가 가장 아름답지요. 이유는 묻지 마세요. 궁금하시면 한 번 참석해보시든지요."

특히 겨울철 음력 보름날 새벽에는 달이 서쪽 바다를 은빛으로 물들이고는, 하얀 달이 노랗게 변하며 깊은 침묵의 새벽을 황홀한 시간으로 바꾸어 놓는다. 그럴 때 내가 할 수 있는 일이란 대웅전으로 향하던 발걸음을 잠시 멈추고 그냥 새벽이 되어 보는 것이다.

겨울 산사의 새벽예불에 함께 해보라. 먼 산을 치고 되돌아오는 범종소리, 그 깊은 울림만 들을 수 있어도 행복할 것이다.

절과 마을의 아름다운 공존

마을 당제(堂祭)

새해가 되면 마을 당제(堂祭) 지내는 일을 내심 기다리고 있는 나를 본다. 벌써 20년째이다. 땅끝마을 사람들과 내가 소통하는 방법 중에 하나가 바로 당제이다. 서로가 마음으로 소통하는 일이란 즐거운 것이다.

"미황사 스님들이 우리 마을을 위해 해마다 기도해 주어서 마을 사람들이 무탈하고 풍년이 들었다."라는 동네 사람들 말을 들을 때면 부끄럽기도 하지만 적이 흐뭇한 것도 사실이다. 내가 하는 일이라곤 늘 하던 염불을 그저 정월 초하룻날 마을 당산나무 아래서 한 것이 전부인데, 모든 공이 나에게 돌아오니 황송하기 그지없다.

마을 사람들과의 소통

절 바로 아랫마을은 작은 동네 세 곳이 옹기종기 모여 있는 전형적인 시골이다. 우분리(牛墳理)는 10여 가호의 집들이 모여 있는 마을로 미황사 창건설화에 나오는 동네이다. 인도에서 불상을 모시고 온 배에 함께 타고 온 검은 소가 일행을 지금의 미황사까지 인도하고는 쓰러졌는데 그 '소를 묻은 무덤 마을'이 지금의 우분리인 것이다.

원서정리도 10여 가호의 작은 동네로 미황사와 달마산이 바로 눈앞에 그림처럼 펼쳐진 마을이다. 이 마을 사람들은 아침마다 열두 폭 병풍 사이를 뚫고 솟아오르는 해를 바라보며 하루를 시작하는 복 받은 사람들이다.

등리라는 마을은 우분리와 원서정리 가운데 들판에 40여 호의 큰 마을을 이루고 있는데, 이 세 개의 마을이 행정구역으로 미황사가 속해 있는 서정리이다. 해마다 이 세 곳의 마을 어른들이 쌀 한 가마니씩 지고 나를 찾아와 당제를 지내달라고 부탁한다. 지난 일 년 동안의 마을 대소사와 당제 공덕을 칭찬하고는, "약소하지만 마을을 위해 또 부탁합니다." 하고는 내려간다.

사실 도움은 내가 더 많이 받는다. 부처님 오신 날 궂은 일 마다않고 해주고, 마을 들머리에서 미황사에 이르는 길의 잡풀을 제거해주는 분들이 마을 어른들이다. 어디 그뿐인가. 절에 번다한 일이 있을 때마다 두 팔 걷어붙이고 제 일처럼 뒷일 봐주는 분들이 언제나 그 분들이다.

절 아랫마을 서정리는 오랜 세월 미황사를 보호하고 유지해준 마을이다. 어느 때에는 미황사가 12암자와 400여 명의 스님들이 사는 거찰이던 때도 있었는데, 스님들만의 힘으로 절이 운영되지는 않았을 것이다. 분명히 사하촌(寺下村)의 도움이 컸을 것이다.

또 6.25전쟁 통에는 빨치산을 숨겨 주었다 하여 주지 스님이 총살을 당했는데, 그 뒤로 한동안 빈 절로 버려진 때가 있었다. 스님도 살지 않는 절이었으나 아랫마을 사람들은 초하루나 부처님 오신 날 절을 찾아 참배하고 제 집 앞마당 가꾸듯 살뜰하게 보살펴주었다. 대웅전 지붕이 뚫려 빗물이 법당 안으로 떨어질 때 등짐을 지고 기와를 올려 절답게 모습을 지켜준 분들이 마을 분들이었다.

그런 분들의 순정을 저버릴 수 없기에 나는 만사 제쳐두고 20년을 한결같이 당제를 챙긴다. 눈보라가 치는 날에도 비가 오는 날에도 음식장만을 하여 마을을 돌아다니는 수고를 마다하지 않는다.

마을의 안녕을 기원하는 값진 문화유산

새해를 시작하는 정초가 되면 아랫마을 당제 말고도 다른 마을 당제가 기다리고 있다. 초삼일 날에는 배를 타고 어불도라는 섬으로 당제를 지내러 간다. 섬마을 당제는 확실히 육지의 그것과는 다르다.

바다는 늘 변화무쌍하다. 그래서 바다 사람들은 거칠기는 하지만 또한 매사 행동이 조심스럽다. 당제 때 가보면 기도하는 마음으로 사는 사람들처럼 여겨진다.

육지의 당제는 마을 사람들이 다 나와서 함께 제를 올리는 대동제의 느낌이 강한데, 바닷가나 섬 마을의 당제는 혹여 부정이 탈 세라 제를 지내러가는 길에는 사람들이 집안에서 나오지를 않는다.

절과 마을의 아름다운 공존.

시골 절 주지만이 알 수 있는 행복을

나는 당제를 지내며 느낀다.

마을 방송으로 미황사 스님이 제를 지내러 왔으니 각별히 조심히 지내라는 당부도 몇 번을 한다. 이날은 부부도 같은 방을 쓰지 않는 풍습까지 있다.

어불도(於佛島)라는 이름이 마음에 들어서 이 마을을 갈 때마다 또 다른 의무감이 생긴다. 이름을 풀이하자면 '부처님 섬'인데 어찌 심상한 마음으로 당제를 지낼 수 있겠는가. 그 옛날 어떤 스님이 지나가면서 이름을 지어주었다고 마을 사람들은 전한다. 생각 같아서는 조그마한 법당이라도 지어서 사람들이 기도할 수 있도록 해주고 싶다.

새해 마지막 당제는 미황사가 속한 송지면의 가장 큰 동네인 산정리에서 열린다. 행사가 열리는 날 마을 대표로 뽑힌 두 사람이 목욕재계하고 절을 찾아오는 것으로 당제는 시작한다. 제주(祭主)들은 부처님께 쌀을 올리고 기도를 한 다음 그 쌀로 밥을 지어서 나와 함께 마을로 내려간다. 마을회관 앞에는 수백 년 된 은행나무가 있는데 그 고목 앞에 임시로 집을 짓고 제를 올린다. 스님의 당제가 끝나면 긴 나팔 소리가 세 번 울리고는 풍물패들이 놀이를 시작한다. 스님이 앞장을 서고 풍물패들은 그 뒤를 따라서 마을을 한 바퀴 돌아 마을의 안녕을 기원한다. 가는 곳마다 짚불을 피우고 음식상을 내온다.

이 마을은 그 옛날 미황사 진법군고패(풍물패)의 전통을 이어 받은 곳이라 하여 미황사와 인연이 깊다. 이 마을에서 스님들이 당제를 지내는 전통은 100여 년이 넘는다고 전해온다. 하긴 내가 지낸 지만도 벌써 20년이나 되었다.

혼자 생각에 다른 스님들은 마을 당제를 지내는 일이 스님들의 일이 아니라고 할 수 있을 것 같아서, 그저 내 일이거니 내가 도맡아 한다. 다른 스님에게 맡길 생각 따윈 처음부터 해보질 않았다. 은사 스님을 모시고 살았던 20년 전부터 주지가 된 지금까지 어디 먼 곳에 공부하러 갔다가도 당제 때만큼은 내가 지낼 양으로 어김없이 절로 돌아오곤 했다.

당제는 내가 땅끝마을 사람들과 소통하는 작은 일일 수도 있다. 하지만 마을 사람들은 내가 생각하는 것 이상의 의미로 당제를 생각하기 때문에 소홀히 할 수가 없다. 지금처럼 한 마을에서 서로의 종교가 다른 상황에서도 굳이 절에 찾아와 당제를 부탁하는 그 마음, 그 순정을 어찌 가벼이 생각할 수 있겠는가. 더구나 당제는 오랜 세월 절과 마을 사람들이 함께 지켜온 값진 문화유산이다.

무엇보다 내가 당제를 귀히 여기는 까닭은 당제를 드리는 마을 사람들의 간절하고 소박한 소망을 아름다이 여기기 때문이다. 그들이 올린 축원문에 빼곡하게 적힌 마을 사람들의 이름과 병마와 싸우는 사람의 사연, 군대 간 아들을 걱정하는 모정, 집에서 기르는 소의 안녕까지 발원하는 촌로들의 마음결을 누구보다 잘 알기 때문이다.

절과 마을의 아름다운 공존. 시골 절 주지만이 알 수 있는 행복을 나는 당제를 지내며 느낀다. 벌써부터 당제가 기다려진다.

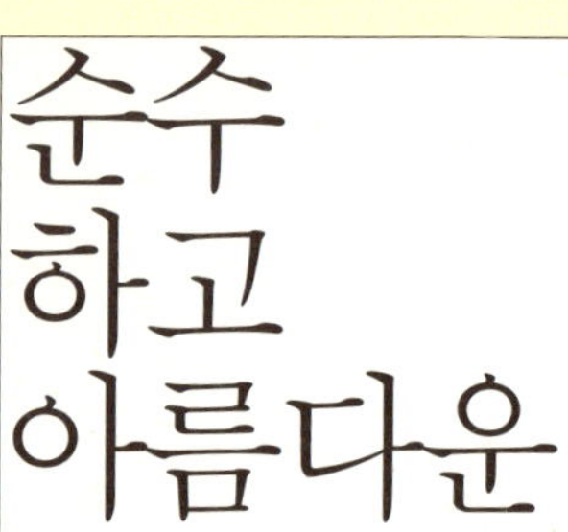

마음이
감동적인

설날 풍경

설날

다른 지역과 다르게 미황사 주변의 사람들은 설 차례 상을 섣달 그믐(음력으로 한 해의 마지막 날)에 차린다. 설 전에 읍내에 장이 서는 날을 대목장이라 하는데 이때 부처님께 올릴 향과 초, 과일을 함께 준비한다. 석작이라는 대로 만든 바구니에 쌀과 과일, 초와 향을 담아서 그믐날 차례를 지내자마자 절로 향한다. 여느 지방과 달리 설 전날 차례를 서둘러 지내고 절에 와 설날을 맞이하는 이유는 아마도 바닷가 마을이라서 그런 것이 아닌가 싶다. 바닷가라는 지역은 언제나 삶과 죽음의 경계를 넘나드는 곳이라 여러모로 조심스럽기 마련이다. 새해 첫 새벽에 부처님께 나아가 불공을 드려야 새해에 부정한 일들이 일어나지 않을 거라는 믿음이 더 강하게 작용한 까닭이 아닐까 싶다.

"설날 차례 지내는 것은 어찌하고 모두 절로 다 모이는 거요?"

"아따 스님은 새로 와서 잘 모르는구만요. 여그는 설 차례는 그믐날 지내고, 설날은 부처님께 불공 올리고 절에서 떡국을 먹지라잉."

미황사에 짐을 푼 첫 해 설날 기억을 떠올리다 보면 빙그레 웃음부터 나온다. 도시에서 설을 맞이하기 위해 고향에 내려온 자식들을 뒤로 하고, 찬물에 목욕하고는 공양물을 머리에 이고 섣달 그믐날 20여 리 추운 밤길을 걸어서 줄지어 찾아오는 신도들의 정성에 가슴 뭉클했던 그때의 감동이 어제인 듯 생생하다.

그들은 새해 첫날을 부처님 전에 공양 올리기 위해 여러 날 전부터 갖가지 정성을 들인 사람들이었다. 부부는 방을 따로 쓰고, 옆집에 아이를 낳아도 부정 탄다 하여 가지 않고, 절에 오는 길에 말도 삼간 채, 무거운 짐일망정 땅에 내려놓는 일 없이 부처님 전까지 찾아온 신심 깊은 신도들이었다.

새해 첫날
부처님께 올리는
불공

설날 새벽 도량석을 하기 위해 대웅전에 들어가면 이미 발 딛을 틈도 없이 사람들로 가득하다. 부처님 앞에는 공양 그릇이란 그릇들은 모두 나와 쌀과 과일들로 넘쳐난다. 향로에는 사람 수만큼 피워 놓은 향이 법당 가득 매캐한 연기를 피워댄다.

"과일은 이 그릇에 함께 모아서 부처님께 올리고요, 공양미도 이 큰 그릇에 함께 모아서 보기 좋게 올리세요. 그리고 향이나 초가 켜져 있으면 따로 피우지 마시고, 그냥 가져오신 공양물만 불단에 올리세요."

목소리를 높여 몇 번씩 신신당부 해보지만 그뿐이다. 신도들은 죽어라 주지의 말을 듣지 않는다. 지금껏 해오던 제 깜냥대로 할 뿐이다. 부처님을 향하는 간절한 염원이겠거니 하고 내 쪽에서 이해하는 편이 빠르다. 새벽예불과 기도를 마치고는 마주보고 서로 세배를 한다.

"새해에는 여러분 가정과 이 고장과 나라와 우리가 사는 세상에 밝고, 아름답고, 좋은 일들만 가득하기를 발원합니다. 여러분들은 이미 절에 도착하자마자 불공을 마친 것입니다. 농사짓고 나서 따로 부처님께 올릴 쌀을 마련하고, 공양물을 준비해서 깨끗한 마음으로 찾아온 그 마음이 참된 불공입니다. 부처님을 찾아오는 여러분들의 마음은 세상에서 더 없이 맑고 깨끗하고 순수한 마음입니다. 여러분들의 그 아름다운 마음이 한 해 동안 자신과 가족과 우리가 사는 세상을 지켜주는 것입니다."

법문과 함께 신도들의 이름을 하나하나 부르며 축원을 한다. 처음엔 하루에 불공을 열 번 정도 했다. 신도들의 행렬이 이어질 때마다 불공을 드렸던 것인데, 설득하고 설득하여 이제는 새벽예불, 오전 7시 그리고 10시 이렇게 세 차례로 나누어 진행하게 되었다.

"시님, 교회 댕기는 아들 며느리는 축원장에서 빼주란 말이요. 하느님 믿것다는디 내가 뭔 수로 말리것소."

"우리 아들이 아들을 낳았은께 축원장에 새로 이름 올려주씨요."

"우리 영감이 지난 가실에 돌아가셨단 말이오. 축원장에서 빼고 영가로 올려주씨요."

신도들은 축원장을 찾으러 와 갖가지 사연을 털어놓는다. 좋은 일은 함께 기뻐하고, 돌아가신 영감님 이야기에 눈가를 훔치는 보살님께는 '연락했으면 염불이라도 해드리러 갔을 텐데' 하고 아쉬운 속내를 드러내기도 한다.

함께 나누고 만족하는 즐거운 하루

새해 첫날부터 정신없이 하루를 지내고나면 어느새 밤이 찾아온다. 이때가 되어야 하루를 바쁘게 지낸 절 대중들이 한자리에 모인다. 윷놀이를 핑계로 스님들과 식구들이 서로 세배를 한다.

이날은 내가 일 년 동안 착실하게 모은 선물들을 푸는 날이다. 누가 언제 선물을 했는지, 사용방법은 어떤지, 마치 쇼핑몰 선전하듯이 하고 나면 함께 모인 대중들은 배꼽을 잡으며 즐거워한다. 가끔 토굴에 사시는 스님들이 오래된 백팔염주나 소중한 책을 내어놓을 때는 대중들의 눈빛이 반짝인다.

요즘에는 설날 윷놀이가 소문이 나서 인근의 신도 가족들이 오기도 하고, 멀리서 템플스테이로 참가하기도 하여 꽤 많은 대중들이 윷놀이에 참가한다. 팀을 구성한 뒤 윷놀이를 하여 등수를 가리는 방식으로 진행하는데 등수가 높은 팀부터 원하는 선물을 가져

인간이 보여줄 수 있는 많은 모습 중에서
쭉정이는 다 버리고
고갱이만 남겨 놓은 모습처럼
참 아름다운 풍경을 나는 설날에 보았다.

생각해보면 내가 땅끝마을을 떠나지 못하고 있는 것도
이들의 순수하고 아름다운 마음을
지켜주고 싶기 때문인지도 모르겠다.

가는 것이다. 그런데 희한하게도 각자 처음부터 자기가 갖고 싶었던 것들을 가져가게 되어 모두 만족한다는 것이다.

땅끝마을 미황사에서 맞이한 설날은 내게 파격적이고 충격적인 일대 사건이었다. 무엇보다 새해 첫날부터 온갖 정성으로 불공을 드리는 신도들의 모습은 그 어떤 광경보다 감동적인 모습이었다. 인간이 보여줄 수 있는 많은 모습 중에서 쭉정이는 다 버리고 고갱이만 남겨 놓은 모습처럼 참 아름다운 풍경을 나는 설날에 보았다.

생각해보면 내가 땅끝마을을 떠나지 못하고 있는 것도 이들의 순수하고 아름다운 마음을 지켜주고 싶기 때문인지도 모르겠다.

오롯이

자기를 만나는

내밀한 시간

수행 공동체

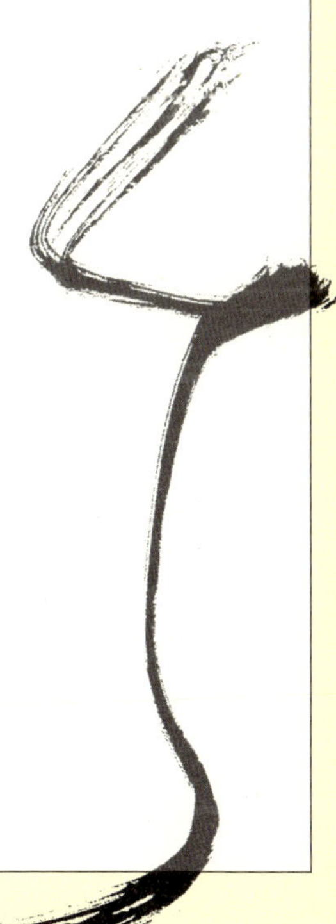

불규칙적이고 무의미한 하루하루를 살았다.

어느 날 문득 이렇게 한심하게 살고 있는 나를 보면서

'아, 내가 이렇게 살아서는 아무것도 할 수 없겠구나!'

하는 생각이 들었다. 20대라는 인생의 새로운 관문에 들어서는

이 중요한 시점에 지금이라도 나 자신을 변화시켜야겠다고 생각해

그 방법으로 미황사에서 운영하는 7박 8일 수행 프로그램

'참사람의 향기'를 택했다.

참선을 하며 '이 뭐꼬, 나는 무엇이냐'에 대해 끊임없이

나 스스로에게 질문을 던지는데 순간 울컥하는 기운이 솟아올랐다.

'과거에 얽매여 살아온 이런 아집과 번뇌가 가득한 것이 나냐?'

라는 생각이 들어서였다. 내 속에는 분명 부처가 있고 진리가 있건만 그것을

바로 보지 못하고 겉돌며 살아온 나를 되돌아보게 된 것이다.

그렇게 살아온 나 스스로가 한심하고 분해서,

진리를 속에 품고 있으면서도 눈이 어두워 진실되게

그것을 바라보지 못하는 나 스스로가 억울해서 눈물이 나왔다.

한 번 나온 눈물은 하염없이 뺨을 타고 흘러내렸다.

눈물과 함께 내가 가슴에 담고 살아왔던 지나간 과거와

집착이 함께 흘러내렸다. 그 시간 이후로 나는 화두를

어떻게 들어야 하는 것인지 조금은 알게 되었고,

방법을 알게 되자 더 또렷하게 화두에 집중할 수 있었고

더욱더 깊이 내면의 나를 들여다 볼 수 있었다.

이 화두수행을 통해 눈물도 흘리고 가슴 아파하면서

진정한 나를 싸고 있던 번뇌의 껍데기를 한 꺼풀 벗겨낼 수 있었다.

이런 참선의 시간들을 거치고 나니

나 스스로 마음이 한결 가볍고 평온해지며 중심이 서는 것을

분명히 느낄 수 있었다.

—2007년 8월 '참사람의 향기' 참가자 수행후기 중

15년 전쯤 어느 신문에 성지순례 글을 쓰기 위해 미얀마 수도 양곤에 있는 '마하시 선원'을 방문한 적이 있다. 국적을 가리지 않고, 승속의 구분 없이 모여든 수많은 수행자들은 날마다 그곳 스님들에게 수행을 점검 받았다. 그때 스님들이 보여준 자비로움은 깊은 울림으로 남아 있었다.

게다가 자원봉사와 보시로 운영되는 수행처의 모습은 퍽 인상적이었다. 석가모니 부처님이 2,500년 전에 일구신 승가의 모습이 현실에서 실현되고 있는 것이라 여겨져 두고두고 부러웠다.

그 부러움은 우리나라에는 스님들과 일반인들이 함께 공부하는 수행공동체가 없다는 안타까움을 갖게 했다. 덕분에 나는 '언젠가 우리나라에도 그런 수행처를 만들겠다'는 서원을 품게 되었다.

20대의 한 시절 열심히 정진했던 미황사에 주지 소임을 맡게 되

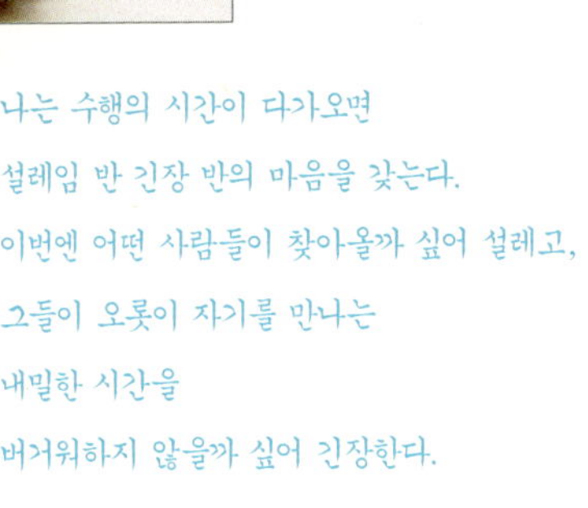

나는 수행의 시간이 다가오면
설레임 반 긴장 반의 마음을 갖는다.
이번엔 어떤 사람들이 찾아올까 싶어 설레고,
그들이 오롯이 자기를 만나는
내밀한 시간을
버거워하지 않을까 싶어 긴장한다.

면서 '꿈의 수행처'를 이곳에 세우기로 마음먹었다. 문제는 어떤 형태로 운영할 것인가였다.

'일반인들도 마음을 내면 언제나 수행할 수 있으면 좋겠다. 3박 4일 또는 4박 5일의 기간으론 무언가 성취할 수 있는 게 많지 않다. 공부하는 데 있어 무엇보다 중요한 것은 시간과 공간을 극복하는 것이다. 시간을 극복하는 데는 7박 8일이 적당하다. 일주일이라는 생활 리듬을 가진 현대인에게 7일에 하루를 얹어 8일 동안 수행을 하게 하면 시간으로부터 자유로워지는 효과가 있다.

또한 미황사는 우리나라 최남단 땅끝에 있어 심리적으로 생활공간에서 멀어지게 하는 효과가 있다. 공간의 얽매임에서 자유로워지고 나면 수많은 번뇌와 망상으로부터 놓여날 수 있는 법이다.

나는 미황사 주지이다. 살림을 살면서 나 또한 선방의 수좌들처럼 정진을 하고 싶다. 프로그램 운영자이면서 그것이 내겐 신실한 수행이어야 한다.'

생각이 그렇게 정리되자 평소 성격대로 별 망설임 없이 진행을 했다. 7박 8일 동안 몇 명이나 참가할 것인가, 과연 땅끝까지 와줄 사람이 있을 것인가 걱정이 없었던 것은 아니었다. 찾아오는 사람이 없으면 나 혼자 정진하겠다고 마음을 정하자 도리어 편안했다. 다행히 지금까지 참가자가 없어 '참사람의 향기'를 진행하지 못한 적은 없었다.

'참사람의 향기'는 매월 셋째 주 토요일에 시작한다. 지금껏 480여 명의 사람들이 미황사 좌복에 앉아 수행의 때를 묻혔다. 나는 수행의 시간이 다가오면 설레임 반 긴장 반의 마음을 갖는다. 이번엔 어떤 사람들이 찾아올까 싶어 설레고, 그들이 오롯이 자기를 만나는 내밀한 시간을 버거워하지 않을까 싶어 긴장한다. 하지만 그도 걱정할 일이 아님을 이제는 안다. 정도의 차이는 있겠으나 충만한 마음으로 그들이 하산한다는 걸 알기 때문이다.

……

욕심 부리지 않았다. 너무나 완벽한 자연 앞에서

나를 그대로 내어 놓았다.

새벽부터 지저귀는 산새들의 장단과 새벽안개가 걷히고 나면

모습을 드러내는

아주 소담하면서 아름다운 발그레한 동백꽃까지….

금방 깨달음을 얻지 못해도, 그 깨달음이 쉬이 내게 오지 않더라도

난 그저 행복했다.

말하지 않아도 진달래가 웃어주고,

동백꽃 주위를 맴도는 동박새가 노래해 주는

그런 시간들, 내게는 모든 것이 행복했다고 자신 있게 말한다.

스물다섯이라는 나이의 여자라는 사회적 시각은

이곳에선 무의미해서 더 좋았다.

난 그대로의 나였기에, 또 지금 이 자리의 나이기에 나는 행복하다.

—2007년 3월 '참사람의 향기' 참가자 수행후기 중

나는 겨울철에 공부하는 동안거를 좋아한다. 곰이 겨울잠에 들듯이 일체의 바깥 경계들을 뒤로하고 깊게 깊게 참선에 몰입할 수 있기 때문이다. 겨울바람을 몰고 미황사로 들어설 2월 '참사람의 향기' 참가자들이 벌써부터 기다려진다. 그땐 미황사에 눈이 많이 왔으면 좋겠다.

수행과 축제

©하지권

밥 한 톨 남기지 않는 완벽한 공양

발우공양

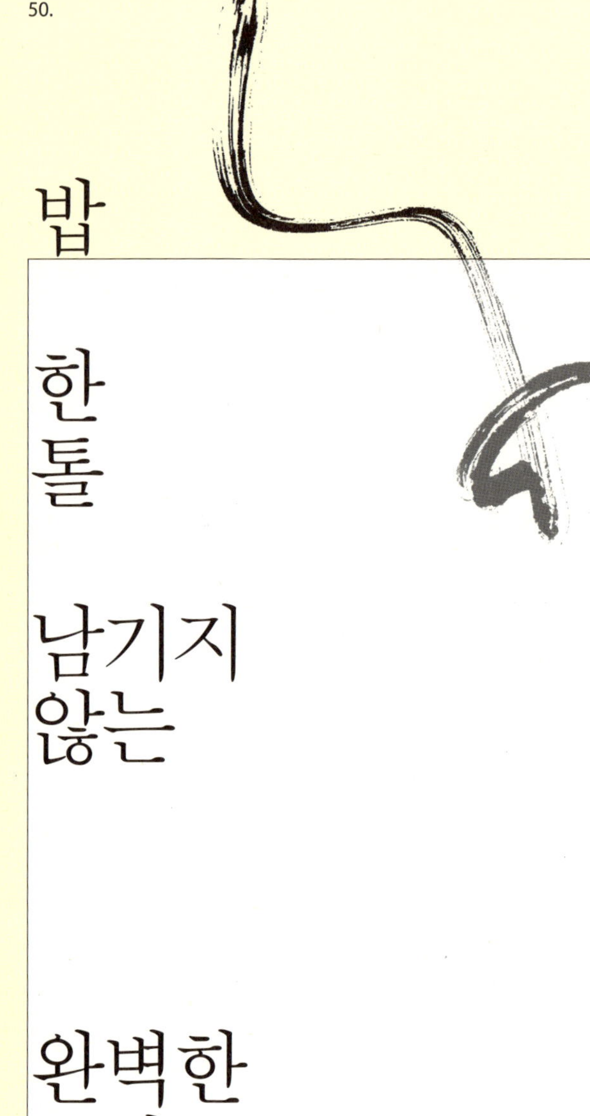

아침 8시, 운력시간을 알리는 목탁소리가 미황사 경내에 울려 퍼진다. 대웅전에서 기도하는 스님부터 손님으로 찾아온 스님, 7박 8일 참선 수행하러 온 사람들, 템플스테이 온 사람들까지 모두 절 마당에 모였다.

이번 운력은 이 계절에 어울리는 봄나물 캐기로 정했다. 마침 햇살도 따사롭고 살랑거리는 바람결에 순한 봄이 묻어있어 나물 캐기에 맞춤한 날이다. 사람들은 제각각 흩어져 명부전 뒤뜰이며, 후원 옆 조그만 웅덩이에 둘러앉아 쑥이랑 머위, 돌미나리를 뜯는다.

여러 손이 거든 덕에 푸짐한 푸성귀를 밥상에 올릴 수 있었다. 발우마다 고봉으로 담긴 봄나물로 밥상이 풍성하다. 발우에 올려진 쌉싸래한 머위 새순 무침이 입안에 침을 고이게 하여 밥맛을 돋운다. 모두들 보약을 먹는 기분으로 향과 맛을 음미하면서 천천히 봄을 씹는다.

발우에 담긴 평등·청결·고요의 정신

『금강경』의 첫머리에는 부처님의 일상생활이 자세히 그려져 있다.

"부처님은 사위국의 기원정사에서 제자들 1,250명과 함께 계셨다. 여느 때와 마찬가지로 공양시간이 되자 발우를 들고 성 안으로 들어가 한 집 한 집 차례로 밥을 빌어 본래의 처소로 돌아와 공양을 하시었다."

경전은 부처님 또한 한 집 한 집 걸식을 해 공양을 해결했다는 것을 말해주고 있다. 아직도 동남아시아의 불교국가에 남아 있는 이 탁발은 수행자에게 하심(下心)하고 절제하며 인욕하는 삶을 몸으로 느끼게 하며 가르치는 수행의 한 방법이다. 또한 재가자에게는 음식을 제공함으로써 공덕을 짓는 기회를 준다.

우리나라는 주로 산중에 절이 위치해 탁발로 공양을 해결하기 쉽지 않은 구조이다. 그러다보니 대중들이 직접 밥을 해서 먹는 방법을 택하게 되었는데, 여기에 밥을 먹기까지의 모든 과정을 여법한 수행으로 삼는 발우공양법이 정착되었다. 모든 사람이 똑같이 나누어 먹는 평등의 정신과 철저하게 위생적이고, 낭비가 없는 청결의 정신, 그릇 소리나 먹는 소리가 나지 않는 고요함이 발우공양에는 있다.

미황사에서 매달 진행하는 7박 8일간의 참선수행 기간에는 미황사만의 공양법이 있다. 아침에는 가볍게 죽을 먹고, 점심에는 여법하게 발우공양을 하고, 저녁에는 당근 주스 한 잔으로 뱃속을 비우는 식사법이 그것이다.

손이 가장 많이 가는 공양이 점심의 발우공양이다. 바깥에서 먹는 것에 구애받지 않고 살았던 사람들에게 아침과 저녁의 소찬은 견디기 힘든 고통일 수도 있다. 따라서 낮에 끼니답게 먹는 발우공양은 나물 한 가지라도 정성을 듬뿍 담아서 내놓게 된다.

발우공양은 말이 필요 없다. 모든 신호는 대나무로 만든 죽비로 한다. 죽비를 한 번씩 칠 때마다 정해진 순서대로 진행을 한다. 수행 첫날 실제 발우를 가져다놓고 발우공양하는 방법을 익혔기 때문에 진행의 맥이 끊기는 일은 없다.

묶인 발우를 펼치고, 밥과 국과 반찬을 차례대로 들고 각자 펼쳐 놓은 발우 앞에 서 있으면 필요한 만큼 정해진 발우에 나누어 담는다. 네 개의 발우(밥그릇, 국그릇, 반찬그릇, 물그릇)에 음식들이 담기면 밥을 먹을 차례이다. 밥을 먹는 수행관에 고요만이 낮게 내려앉는다. 밥을 먹은 다음에는 숭늉을 받아서 단무지로 밥이나 반찬 찌꺼기를 씻어서 함께 먹고, 청수물로 앉은 자리에서 설거지를 한다. 밥을 나누고 먹고 설거지하기까지 모든 과정이 한 자리에서 이루어진다. 처음 꺼내온 자리에 발우를 챙겨 올려놓으면 공양은 비로소 끝이 난다. 밥 한 톨 남기지 않은 완벽한 공양이 이루어진 것이다.

몸과 마음을 청정하게 하는 발우공양

밥을 먹기 전에 게송을 외우는데, 그 안에도 깊은 법문이 담겨있다.

한 방울의 물에도 천지의 은혜가 스며있고

한 톨의 곡식에도 만인의 노고가 담겨있습니다.

정성이 깃든 이 음식으로 몸과 마음을 바르게 하여 청정하게 살겠습니다.

이르는 곳마다 부처님의 도량이 되고

베푼 이와 수고한 모든 이들이 보살도를 닦아 다 함께 성불하여지이다.

미황사는 여름과 겨울에 초등학생 대상의 한문학당을 운영하는데, 이때도 하루 한 끼는 발우공양을 한다. 처음 하는 아이들은 숭늉 물을 마실 때 거부감을 느끼기도 하지만 익숙해지면 발우공양을 맛있어 한다.

"스님, 진짜 고기 안 줘요?" "콜라나 피자는요?"

가끔 너스레 떠는 녀석들이 있기도 하지만 발우공양을 놀이처럼 즐기는 아이들도 있다. 아이들이 발우공양을 하고 나면, 편식이 없어지고 음식을 남기지 않고 깨끗하게 먹는 습관이 길러진다.

몇 해 전 중앙승가대학교 김상영 교수의 아이들 두 명이 한문학당 졸업을 하고 나서, "아빠, 발우랑 목탁 사주세요!" 했다고 해서 기특한 녀석들이라고 생각한 적이 있다. 중국 상하이에 사는 보연이는 한문학당을 마치고 집에서 밥을 먹을 때 1년 동안 발우공양 방식으로 공양하고 있다며 엄마가 자랑스러워 했다.

음식물 쓰레기가 심각한 환경문제가 된 요즘, 발우공양의 참 의

©박종선

모든 사람이
똑같이 나누어 먹는 평등의 정신과
철저하게 위생적이고,
낭비가 없는 청결의 정신,
그릇 소리나 먹는 소리가 나지 않는 고요함이
발우공양에는 있다.

미가 밖으로 널리 알려졌으면 좋겠다. 다행히 불교단체에서 벌이고 있는 '빈그릇 운동'이 발우공양의 현대적 실천 방법인 것 같아 고무적이다.

어제와 오늘의 봄빛이 다르다. 봄 산은 연일 오리나무 싹을 틔우고, 별꽃 꽃망울을 터뜨리고, 매화 향기 흩뿌려놓고, 골골마다 봄나물을 지천으로 밀어 올린다. 눈과 코와 입이 한껏 즐거운 봄이다. 오늘은 조물조물 무쳐낸 산나물로 향긋한 밥상에 다시 앉아보리라.

참
나를
만나다

참선(參禪)

10여 년 전 백양사에서 서옹 큰스님을 모시고 살 때의 일이다. '참사람운동'을 맡아서 수행프로그램을 만들고, 한국 선(禪)의 정체성을 찾기 위한 '무차선회'를 주관하다가 평소에 살고 싶었던 백양사 운문암에 방부를 들였다.

서옹 큰스님께 "스님을 모시고 참사람운동 일을 하다 보니 저의 공부가 보잘것없음을 알았습니다. 스님의 말씀을 듣고 발심을 하게 되었습니다. 스님을 잘 모시지 못하고 그르치기만 하는 것 같으니, 선원에서 정진하겠습니다." 하고 말씀드리니 순순히 승낙을 해주시고, 조주 스님의 '무(無)'자 화두를 주셨다.

사실 정진은 핑계였고 선원으로 도망갔다는 말이 더 맞을 것이다. '무차선회'라는 큰 행사를 준비하고 진행하다 보니 지쳐서 쉬고 싶었다. 더구나 백양사 주지 스님이 총무원장 선거에 출마하신다니 도와주지 않을 수도 없는 처지였다. 옛날부터 스님들이 발심하여 공부나 기도를 한다고 하면 맡기려던 일도 철회하는 게 절집 풍습이다. 그런 처지를 익히 알고 있는 나는 종종 그 방법을 이용해 천일기도나 선원 정진을 핑계로 위기를 모면하곤 했다.

선원에 다니는 스님들도 마음에 맞는 수행처를 찾기란 쉽지 않다. 선지식이 계시거나 공부 분위기가 좋은 선원은 공부하고자 하는 스님들로 일찍부터 문전성시를 이룬다. 그래서 해제날(공부 끝나는 날)이 다가오면 다음 철에 살 곳을 정한 뒤에 찾아가야 한다.

동안거(冬安居)든 하안거(夏安居)든 해제가 끝나는 다음날은 언제나 다음 철에 살 곳을 찾아가 살 수 있도록 허락해 달라는 방부를 들여야 한다. 이때 방부하는 인원이 많으면 다른 곳을 찾아야 한다. 나도 어느 한 철 방부 들이러 오는 스님들을 맞이하는 지객 소임을 맡은 적이 있었다. 규모가 작은 선원이라 함께 살 수 있는 스님들은 제한되어 있는데 그보다 많은 스님들이 방부를 들여 난감했다. 꼭 죄인이 된 기분이었다. 몇 년 뒤 다른 곳에서 만나면 그때의 섭섭함을 두고두고 이야기하는 스님이 있어 난처한 일도 있었다.

선방에 한 철 나기 위한 방부를 들이고 나면 누구나 소임을 맡게 된다. 자급자족을 원칙으로 하는 선방 생활에서 작은 일들은 분업으로 이루어진다. 입승(대표), 명등(진등 조절), 정통(화장실 청소), 지전(방 청소), 욕두(욕실 청소), 다각(차, 과일 준비), 화대(방 온도 조절), 마호(옷 풀 준비) 같은 소임이 있다. 운문암 선방에서 나는 해우소 청소인 정통을 자원했다. 대중스님들에게 가장 복을 많이 지으며 공부할 수 있는 곳이다. 눈이 오는 날은 방선 시간만 되면 빗자루를 들고 해우소까지 눈을 쓸었다.

세상의 그 어떤 것과도 바꿀 수 없는…

예나 지금이나 나는 차를 즐겨 마신다. 선원에 가서도 차 마시는 습

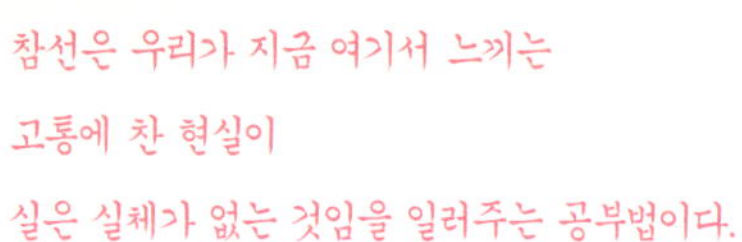

참선은 우리가 지금 여기서 느끼는
고통에 찬 현실이
실은 실체가 없는 것임을 일러주는 공부법이다.

그 고통이 고통 아닌
행복임을 일러주는 공부이며
늘 여여하게 깨어 열린 삶을 살라고
가르치는 공부법이다.

관은 계속되었다. 아니 참선을 하면서 차를 마시는 맛이 세상에서 가장 좋은 맛이라 믿고 있다. 차를 한 철 가장 중요한 양식처럼 여겨 내가 마시는 석 달 동안의 차는 꼭 준비해서 선원에 들어간다. 자연히 스님들도 내가 내어주는 차가 맛있다며 나를 '팽주(烹主, 차를 다려내는 사람) 전문'으로 지목한다.

어느 날은 발심하여 공부를 지극히 하고 싶은데 스님들이 찻상 앞에서 나를 놓아주지 않는다. 귀찮아서 지대방이나 뒤곁에 숨으면 내 이름을 부르며 찾아다니곤 한다.

그러다 어느 날 꾀를 내어 피한 곳이 선방이었다. 선방에는 늘 좌복이 깔려 있고, 좌복에 앉아 있으면 찾지 않는 것이 절집 불문율이다. 하루 세 끼 공양을 하고 포행을 마친 뒤 꼭 차를 마시는데, 이때를 피하기 위해서 밥을 먹자마자 좌복에 턱 하니 앉아버리는 것이다. 그런 내 잔꾀에 스님들도 어찌해 볼 도리가 없자 더 이상 나를 찾지 않게 되었다.

선방의 정진시간은 12시간이다. 그러나 포행시간까지 반납하고 좌복에 앉다 보니 나의 정진시간은 자연히 16시간으로 늘어났다. 잠자는 시간만 빼고 하루 종일 앉아서 참선을 하는 것이다. 참선 이외에는 달리 하는 일이 없자 밤에도 잠이 오지 않는 날이 많았다. 그럴 때도 나름의 요령이 생겼다. 밤 10시에 불을 끄면 대중스님들이 잠들 때까지 기다렸다 조용히 일어나 가부좌를 틀고 정진을 하는 것이다.

화두가 성성하다는 것이 이러한 것인가? 그것은 세상의 그 어떤 것과도 바꿀 수 없는 희열이었으며 충만함이었다. 무아일여(無我一如)의 경지에 들어 현실로 다시 돌아오니 일주일이 지난 뒤였다는 노스님들의 경험이 무얼 말하는지 알 것 같았다. 차를 마시는 번거로움을 피할 요량으로 시작한 일이 뜻밖의 결과를 가져왔다. 그렇게 겨울이 깊어 갔고 나도 깊어만 갔다.

참선,
늘 여여하게 깨어 열린 삶을
가르치는 공부법

그러던 어느 날 옆에 앉은 스님들이 달리 보이기 시작했다. 그 동안은 법랍(출가 나이)이나 선원 경력, 몸가짐으로 스님들을 판단하여 따랐는데 보는 눈이 달라졌다. 눈여겨보지 않았던 스님들이 서서히 눈에 '보이기' 시작했다.

눈을 들어 밖을 보는데도 평소에 내가 아름답고, 추하다고 판단했던 것들이 달리 보이기 시작한 것이다. 눈에 보여지거나 내 가치판단으로 평가하는 눈이 아니라 진정으로 보고자 하는 눈이 생겨난 것 같았다. 보는 것마다 아름답고 행복해 보이고 새로운 의미로

다가왔다.

꽉 막힌 작은 선방에서 뿜어대던 열기가 밖으로 나오면서 새로운 희열로 바뀐 것 같았다. 우리가 평소에 보고 듣고 알았던 것들이 실은 얼마나 잘못된 착각이었는지 확연히 알 수 있었다.

참선은 우리가 지금 여기서 느끼는 고통에 찬 현실이 실은 실체가 없는 것임을 일러주는 공부법이다. 그 고통이 고통 아닌 행복임을 일러주는 공부이며 늘 여여하게 깨어 열린 삶을 살라고 가르치는 공부법이다.

동안거 한 철. 백 일을 오롯이 나, 참나와 만난 시간이었다. 산문 밖은 아직 잔설이 남아 있었다. 매운바람이 백암산 골짜기를 타고 휙휙 지나갔다. 그러나 한 철 값진 양식을 장만한 나는 춥지 않았다. 숨이 끊기는 순간까지 수행은 이어질 터이나 좌복 위에 끈끈하게 묻혀 놓은 수행의 때를 생각하면 든든했다. 잔설을 뚫고 싹을 밀어 올리는 복수초 노란 꽃망울 속에 이미 봄은 와 있었다. 걸망을 지고 만행 길 나선 발걸음이 한결 가벼웠다.

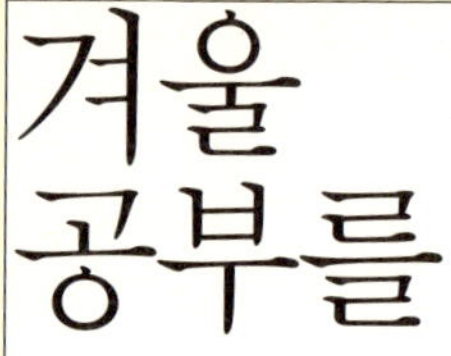

겨울 공부를 마치고 난 해제철 풍경

동안거 해제

동안거를 해제하는 날이 지나면 산에 봄이 온듯하다. 겨울 동안 꽁꽁 언 추위만큼이나 매섭고 날선 화두를 붙들었던 마음에 봄이 찾아온 때문이리라. 화두 진척 정도를 떠나 한 철 공부를 마무리 짓는 해제 때가 되면 마음은 어느새 밖을 향해 내달린다. 엉덩이도 저절로 들썩거리게 마련이다.

스님들은 누구나 한 철 3개월이 지나면 멀리 떠나고 싶은 역마살이 꿈틀댄다. 아마도 무주(無住)의 마음 때문일 것이다. 마음이 어디에 머물면 화나고, 안타깝고, 괴로움에 빠져 자유롭지 못한 것처럼, 몸도 3개월 동안 한 곳에 머물다 보면 잡다한 인연들과 익숙함에 묶이게 된다. 그래서 부처님도 3개월 안거철 이외에는 한 곳에 오래 머물지 말라고 경고한 것이다.

눈에 들어오는 수많은 모양과 현상을 보고 좋아함과 싫어함의 분별, 귀에 들리는 옳고 그름에 대한 분별, 나를 중심으로 일어나는 생각들, 그리고 무의식 속에 쌓아두었던 과거의 수많은 일들이 떠오르는 순간순간의 번뇌들에 빠지지 않으려는 공부가 참선인 것이다. 곧 마음에 집착함을 떠나는 연습이 화두를 들고 참선하는 길인데 선방의 선객들은 안거 3개월을 그렇게 지냈다. 이제 3개월 공부의 살림살이를 챙겨 세상 밖으로 나갈 차례이다. 따라서 선객들의 안거는 떠남으로 완성되는 것이다.

이불을 빨고, 방을 청소하고, 겨우내 사용했던 것들은 제자리에 정리하여둔다. 가벼운 봄옷을 꺼내어 풀을 빳빳하게 먹여 다림질하고 걸망을 메고 산문을 나서는 선객들, 그들의 뒷모습은 위풍당당하다.

생사를 넘나드는 악전고투의 수행 이야기

미황사는 방석 때를 묻히며 고군분투한 선객들이 찾아오는 절이다. 미황사 달마전 뒤편으로 오솔길을 올라서면 무너진 토담들이 있는 곳에, 30여 년 전 월인 큰스님(月印, 1909~1999)이 토굴을 짓고 사셨다. 스님은 선방의 수좌들만 보면 "해제하면 미황사에 제일 먼저 가보시게. 거기 가면 우리와 가장 가까운 시대에 살았던 선사들의 부도가 많이 있으니, 공부하는 수좌들은 꼭 참배하시게." 그리 말씀하셨다고 한다. 한때는 그 말씀을 듣고 찾아온 수좌들이 꽤 있었다. 지금도 해제하는 날이면 무거운 걸망을 멘 채, 손에 과일을 들고 미황사 부도전을 찾는 선객들의 모습이 그렇게 반가울 수가 없다.

미황사에 붙박이로 사는 내게 해제를 한 선방 수좌들이 들려주는 이런저런 이야기는 쏠쏠한 재미가 있다. 다실에 둘러앉아 차를 마시면서 예전에 모시고 살았던 스님들 소식이며, 도반들 안부며, 큰스님들의 법문을 간접적으로라도 듣고 있노라면 시간 가는 줄 모른다.

특히 나를 설레게 하는 이야기는 용맹정진이나 가행정진 이야기이다. 제 전부를 내던지고 생사를 넘나드는 악전고투의 수행 이야기는 '내가 이렇게 살아도 되나' 하는 회한을 갖게 한다. 또한 '나도 그렇게 살고 싶다'는 강한 열망에 불을 지피기도 한다. 이 땅의 스님들에게 선방과 선객은 영원한 로망이 아닐까 싶다.

주지와 안거의 공존을 위해

나에게도 꿈같았던 안거가 있었다. 10여 년 전 운문암 선원에서 20여 대중이 선방에서 치열하게 공부하던 풍경이며, 90세 노구인 서옹 큰스님의 장군죽비 맛이며, 방장실에 불러 공부 점검을 하시던 모습들이 생생하다.

나에게는 10년에 한 번씩, 두 번이나 운명을 바꿀 정도로 좋은 기연이 찾아온 경험이 있었다. 20대 중반에 대흥사 북미륵암에서 염불삼매 체험으로 불퇴전의 신심과 인과법에 확고함이 생겼다. 30대 중반에 선원에서의 화두삼매 체험으로 내외부에 속지 않는 마음과 매 순간 한 가지에만 집중하는 마음이 생겨났다. 그 동안 이 힘으로 많은 것들과 만나며 살아왔다.

그러나 주지 소임을 살면서 한 가지에 집중하고 공부하기란 만만한 것이 아니다. 그래도 내 방식대로 계획적으로 살려고 노력했다. 선방의 안거와 때를 같이 하여 매일 108배와 참선수행을 주요한 일과로 생각하고 100일을 살았다. 혼자의 약속으로는 잘 지켜지지 않을 것 같아 대중들에게 공포까지 해가며 시작한 나만의 동안거였다. 거기에 8박 9일간 구참 과정의 집중 수행프로그램도 새롭게 만들어 진행하면서 산문 밖을 나서는 일을 삼간 채 사니 나름으로는 알찬 동안거를 보냈다.

주지와 안거, 양립할 수 없는 성질의 것인데 나는 내 방식대로 둘의 공존을 고민해 보았다. 그래서 찾은 방법이 1년 열두 달 중에서 한 달을 애오라지 나 자신을 위해 투자하자는 것이었다. 나머지 11개월은 주지로서 소임을 열심히 살되 한 달은 나를 위해 비워두자는 생각을 한 것이다.

동안거 해제하고 나서 보름 뒤에 산철결제라는 기간이 한 달간 있다. 해제 때인데 다시 한 달이나 한 달 보름 동안 선방에 모여 수행을 하는 기간이다. 이때 나도 선방의 일원으로 안거를 해보자는 계산이었다.

나는 어차피 산중에서 일반인들과 함께할 수 있는 '선 센터' 운영을 평생의 일로 염두에 둔 수행자이다. 그렇다 보니 무엇보다 나 자신의 성장이 뒷받침 되어야 그러한 계획들도 차질 없이 진행할 수 있다고 생각한 것이다.

그리고 10여 년 전에 떠나온 대중선원에 대한 마음이 간절하기도 했다. 또한 매월 일반인을 위한 참선 수행 프로그램인 '참사람의 향기'를 하고 있으니 요즈음 선원 대중 스님들의 공부하는 마음도 사실 궁금했다. 선지식이나 구참 스님들의 공부 가르치는 방법도 엿보고 싶었다. 게다가 대중을 오래 떠나 있다 보면 게을러지고 자기식대로 공부하게 되는 우를 범하기 쉬운데, 그러한 것들을 경계하는 마음도 있었던 게 사실이다.

그러나 12개월 중 한 달의 시간을 오로지 나를 위해 비워둔다는 일이 쉽지 않았다. 번다한 일이 많은 주지에겐 더더욱 그러했다. 매번 계획만 세웠지 실천으로 옮겨본 적이 몇 번 안 된다. 이번 봄에는 기필코 봉암사 산철에 한 달간 다녀오리라 준비를 하였는데, 그곳 사중 형편으로 쉰다는 통보를 받았다. 이래저래 실천하기가 쉽지 않다.

21세기의 코드가 점차 정신문화 쪽으로 향하고 있는 시점에서 불교에서는 준비해야 할 것들이 많다. 훌륭한 수행방법은 있는데 현대인이 접할 수 없는 먼 거리에 있다면 그건 그림의 떡에 불과하다. 벌써 티베트나 태국, 미얀마 등지의 불교는 우리보다 빠르게 그 역할을 준비하고, 유럽이나 미국 등지에서도 나름대로 수행법들을 정립하여 사람들과 함께 하고 있는데 정작 최고의 수행법을 갖고 있는 우리는 아무 준비도, 역할도 못 하고 있다.

기회가 된다면 우리의 선방뿐만이 아니라 외국의 수행 센터들도 찾아다녀 보고 싶다. 어떤 프로그램과 시스템으로 운영하고 있는지, 우리가 배워야 할 것은 무엇인지 차분하게 배우고 싶다.

이번 해제 때에는 가까운 선지식이라도 뵈러 길을 떠나야겠다. 꽃망울 터뜨린 매화꽃처럼 그 마음 설렌다.

운력을
한다고
하면

송장도

벌떡
일어난다

운력(運力)

미황사에는 대중스님들은 별로 없고 도량은 넓어서 절을 깨끗하게 관리하기가 여간 힘들지 않다. 어지간히 부지런해서는 가꾼 손길의 흔적을 느낄 수 없을 정도이다. 그래서 꾀를 낸 것이 매일 아침마다 운력(運力, 노동 수행)을 하는 것이다.

평소에는 빗자루를 들고 대웅전이나 명부전 등의 전각과 요사채를 빙 둘러 쓴 다음, 모두 마당에 모여 일렬로 서서 빗자루 표식을 하는 것으로 운력을 마친다. 그렇게 다 쓸고 나면 사람들이 남겨둔 발자국은 깨끗이 없어지고, 밀려온 파도가 모래사장에 남겨둔 잔물결 같은 흔적만 가지런히 남는다.

예외 없이 모두가 동참하는 운력

봄이 오면 매화, 동백꽃, 산수유, 수선화, 진달래, 목련, 모란, 벚꽃이 차례로 핀다. 4월이 되면 꽃뿐이 아니라 마당 곳곳에서 잡초들의 활동이 시작된다. 이때부터 가을까지는 잡초와의 전쟁이다. 그렇다고 절 마당에 제초제를 뿌릴 수는 없다. 제초제는 물과 땅이 오염되기도 하거니와 풀에 깃들어 사는 작은 생명까지도 죽이는 결과를 초래한다. 그러니 약을 사용하지 않는다.

고집스럽게 손으로 뽑아야 하는데 도량은 넓고 사람은 적으니 돌아서면 풀이다. 풀을 매는 사람의 뒤꽁무니를 따라 다니며 다시금 무성하게 자라는 것이 들풀이라는 말도 있다. 그래서 매일 아침 공양시간에 이렇게 알린다.

"오늘 7시 30분에 대중 운력이 있습니다. 한 분도 빠짐없이 대웅전 앞으로 나와 주시기 바랍니다. 오늘 운력은 향적당 마당 가꾸기입니다. 절에서 운력을 한다고 하면 송장도 벌떡 일어난다는 이야기가 있습니다. 예외가 없다는 말입니다. 목탁소리가 두 번 길게 울리면 나오라는 신호이니, 기억했다가 운력에 동참해 주세요."

땅끝까지 한껏 고뇌를 안고 찾아 온 사람이나, 아이들과 함께 가족여행 겸 찾아 온 사람들, 저 멀리 외국에서 템플스테이를 온 사람들까지 미황사에서 하룻밤을 묵은 사람은 예외 없이 함께 하는 일이 운력이다. 한여름에는 한문학당 어린이들의 고사리 손도 동원된다. 이러한 운력은 자신의 생각과 주변의 환경을 정리해 보는 수행의 시간이다. 동참한 사람들이 스님들과 이야기도 나누고, 또한 자연과도 대화를 갖는 시간이기도 하다.

절에서는 목탁소리의 횟수로써 알리고자 하는 내용을 전한다. 밥을 먹을 때는 한 번, 운력을 할 때는 두 번, 회의를 할 때는 세 번이다. 따라서 목탁은 말이 필요 없는 절의 의사소통 도구인 것이다.

"하루 일하지 않으면 하루 먹지 않겠다"

대중들이 함께 모여 하는 육체적 노동인 운력(運力)은 '울력'이라고도 하고, 여러 사람의 힘을 구름처럼 모은다는 뜻에서 '운력(雲力)'이라고도 한다. 일반인에게는 삶의 한 방편인 노동을 뜻하나, 절에서는 수행의 방편으로 여긴다. 특히 선종에서는 중요한 수행 방법에 속한다.

『경덕전등록(景德傳燈錄)』의 '선문규식(禪門規式)'에서는 "운력을 하는 것은 위와 아래가 힘을 합치는 것"이라 하고 있다. "하루 일하지 않으면 하루 먹지 않겠다"는 백장 선사의 가르침은 수행과 노동이 하루의 중요한 일과라는 사실을 말해준다. 종색 선사의 『선원청규』에는 이런 내용도 나온다.

"땅에 거름 주고 이랑을 쌓으며, 씨 뿌리고 싹을 틔우며, 물주고 김매는 일을 모두 모름지기 때맞춰 해라. 마땅히 농사일을 잘 아는 이에게 물어라. 하늘의 때와 땅의 형편을 함께 헤아려, 늘 땅을 놀리는 바 없이 짓되, 잘된 것은 대중과 공양하고, 남는 것이 있으면 마을에 나누어 주어라."

대중들이 함께 모여 하는
육체적 노동인 운력(運力)은 '울력'이라고도 하고,
여러 사람의 힘을 구름처럼 모은다는 뜻에서
'운력(雲力)'이라고도 한다.

일반인에게는 삶의 한 방편인 노동을 뜻하나,
절에서는 수행의 방편으로 여긴다.

운력 뒤에 마시는 향긋한 차 한 잔

미황사 생활이 마냥 아름다운 것만은 아니다. 올해는 유독 봄 몸살을 앓고 있다. 달마산을 오르기 위해서 전국 각지의 등산객들이 버스를 동원하여 찾아온다. 버스 기사들은 등산객들의 편의를 제공하느라 커다란 가스버너와 솥단지, 그리고 갖가지 음식재료들을 준비해 온다.

사람들이 등산하는 동안 주차장 아래에서는 지글지글 음식 끓는 소리와 냄새가 진동을 한다. 이해하자면 거기까지는 봐줄 수도 있겠다. 그런데 늘 그렇듯 깨끗하지 못한 뒤처리가 문제이다. 먹고 난 쓰레기들을 한 쪽에 놓아두고 떠나버린다. 특히 주말 뒤끝은 그런 일의 반복이다.

그렇다보니 고기 삶은 찌든 냄새와 쓰레기들이 주차장에 가득하다. 월요일 아침이면 봉지와 장갑을 챙겨 들고, 절에 템플스테이 온 사람들과 함께 주차장까지 쓰레기를 치우러 간다. 담배꽁초며 비닐봉지, 과일껍질들을 하나하나 주우면서 버린 사람들의 마음을 생각한다. 어떻게 해야 버리려는 마음이 들지 않게 할 수 있을까.

동백꽃은 두 번 핀다. 푸른 윤기가 나는 동백잎 사이로 붉게 피어나며 그 아름다운 자태를 드러낸다. 그리고는 찬란한 때를 다한 뒤,

꽃을 송이째 떨어뜨리며 또 한 번 슬픈 아름다움으로 피어난다. 미황사 동백꽃은 유난히 정갈하고 다소곳하여 정이 많이 가는 꽃이다. 그런데 그 곳에 사람들은 다녀간 흔적을 남겨놓고 간다. 떨어진 동백꽃 사이로 사람의 흔적들을 줍기란 쉬운 일이 아닌데 말이다.

그래서 미황사의 아름다움을 찾아온 손님들을 이끌고 쓰레기 치우는 운력을 하는 일은 민망할 수밖에 없다. 이런 곤혹스러운 운력을 마치고나면 함께 해준 이들에게 여간 미안한 일이 아니다. 운력은 또 다른 수행이라고 말은 하면서도 말이다. 이럴 때 내가 할 수 있는 일은 그들과 함께 차를 나누는 것이다.

세심당 차실에 모두 둘러 앉아 맑은 차 한 잔에 마음을 달랜다. 만하당 앞마당에 핀 청매화 몇 송이 따고, 스무 살 된 묵은 벗 같은 다구를 꺼내어 차를 우려낸다. 청매화 띄운 차 한 잔과 덕담 몇 마디 나누노라면 몸도 마음도 청신한 기운에 취한다.

봄 찾아 날아온 검은등뻐꾸기 울음소리가 달마산에 봄물 들이며 울려 퍼진다. 연분홍 진달래가 수줍게 답례하며 온 산을 수놓는 봄이다. 찬란한 봄이다.

신명나는 축제

부처님 오신 날

부처님 오신 날

절에서 가장 큰 명절은 '부처님 오신 날'이다. 그 준비는 새해가 시작되면서부터 해야 늦지 않다. 가장 먼저 서둘러 하는 일이 '연등 만들기'이다. 얇은 색색의 한지 연잎을 한 장 한 장 말아서 꽃잎을 만들고, 그 꽃잎을 등에 붙여 화사한 연꽃등을 만드는 작업은 오래도록 정성을 들여야 한다. 솜씨가 좋아야 예쁜 연등이 만들어지지만, 한 땀 한 땀 수를 놓듯 시간과 정성을 쏟아야 비로소 보기 좋은 연등을 완성한다.

부처님 오신 날에는 아침에 부처님의 탄생을 축하하는 의미의 관불식(灌佛式)을 행한다. 한 손으로는 하늘을, 한 손으로는 땅을 기리키는 탄생불을 화려한 꽃으로 장식을 한다. 그리고 부처님의 탄생 때 샘물이 솟아 목욕을 시켜주었듯이, 한 사람 한 사람씩 나아가 청정한 물을 머리에서부터 끼얹어 아기 부처님을 깨끗이 씻겨드린다. 이것이 바로 관불식이다.

양족존(兩足尊) 태어나셨을 때
두 가지 샘물 저절로 솟아오름으로
보살에게 공양하니
그 물 두루 관찰해 보고 깨끗이 목욕하였네.
저절로 솟아오른 두 샘물이
심히 청정하였고

찬물 더운물 갖추었나니
이로써 부처님 목욕하셨네.
—장아함경 제1권 『대본경』

미황사 대웅전 앞마당에는 해마다 부처님 오신 날 즈음에 붉게 피는 영산홍 한 그루가 있다. 12년 전 대흥사 아랫마을에서 불화를 그리며 사셨던 낭월 스님으로부터 영산홍 한 그루를 받아와 옮겨 심은 것이다. 스님 말씀에 따르면 초의 선사께서 대흥사 천불전 앞에 심은 영산홍이 60여 년 전 어떤 연유에서인지 뽑혀져 한쪽 구석에 뒹굴고 있었다 한다. 그래서 그 나무를 옮겨 심었는데 다행히 잘 자라주었고, 그 중 한 뿌리를 분양해 준 것이니 소중하게 심으라 했다.

영산홍의 깊고도 아름다운 꽃을 부처님께 바치고 싶어, 대웅전 문을 열면 늘 보이도록 꽃밭 가운데 심었다. 부처님이 영축산에서 신심 깊은 제자들에게 깨달음의 법문할 때, 그 광경이 정말 아름다워서 하늘의 천신들이 꽃비를 내렸다는데, 그 꽃이 영산홍은 아니었을까? 한 떨기 꽃처럼 화사한 영산홍을 보고 있으면 저 붉은빛 영산홍 꽃비였을 거라고 믿고 싶어진다.

소박하고 정겨운 동네잔치

어린 시절 초파일날은 마을 사람들의 신명나는 축제였다. 바쁜 농사철인데도 초파일날은 어김없이 삽과 호미를 손에서 내려놓고, 곱게 단장한 동네 사람들이 모두 모여 산길을 따라 절로 향하곤 했다. 떡이며 멥쌀, 향, 초 등을 챙겨 이고지고 절로 향하는 모습은 그것대로 큰 구경거리였다.

어머니 손을 잡고 설레는 마음으로 절 마당에 들어서면 분홍빛 연꽃등이 바람 따라 너울대며 반겨주었다. 등표에 식구들 이름을 큼지막하게 써서 내걸면 세상에서 부러울 것 없이 든든해지는 기분이 들곤 했다. 어스름 저녁이 올 때까지 우리 등이 제대로 매달려 있나 몇 번을 확인했다.

마을 사람들은 전각마다 정성을 들이고, 오랜만에 주지 스님 법문도 듣고, 나물로 비벼놓은 비빔밥까지 맛나게 먹고 나면 절 어귀에 모여 장구치고 노래 부르며 신나게 노는 것이었다. 그야말로 왁자한 잔칫집 풍경 그대로였다. 시골 촌부들은 부처님 오신 생일날을 가장 뜨거운 몸짓으로 축하하고 기뻐했던 것이다.

그런데 지금은 내 어린 시절과 달리 농촌의 인구가 많이 줄었다. 젊은 사람들도 많지 않고, 나이 드신 어른들만 지키고 있다. 그 사이 종교도, 놀이문화도 다양해져서 부처님 오신 날이라고 절에 찾

©박종선

어린 시절 초파일날은
마을 사람들의 신명나는 축제였다.

바쁜 농사철인데도
초파일날은 어김없이 삽과 호미를 손에서 내려놓고,
곱게 단장한 동네 사람들이 모두 모여
산길을 따라 절로 향하곤 했다.

아오는 사람들은 불교를 믿는 나이 드신 어른들이 대부분이다.

시골 절의 주지를 맡아보면서 여러 해 동안 평범한 부처님 오신 날을 보냈다. 300여 명 정도 되는 신도들이 찾아와 불교의 가장 큰 명절을 함께 보냈다. 사람들로 넘쳐나던 어린 시절 왁자한 부처님 오신 날 풍경은 더 이상 없었다.

그때 불현듯 옛날 생각이 났다. 예전으로 돌아갈 수 없지만 나이 드신 어른들에게 옛 추억의 아름다움을 다시 한 번 보여드리고 싶었다. 절에 얽힌 사연 하나씩은 간직하고 있을 어르신들이 아닌가.

마을 이장님들께 65세 이상의 어르신들 중에 마을 대표 한 사람씩 추천해달라고 하여 노인노래자랑을 만들었다. 가슴에 꽃도 달아드리고, 맛있는 음식을 푸짐하게 차렸다. 땅끝마을에 60년 넘게 뿌리내리고 살았던 '고목 부처님'들이 1천 명 넘게 절 마당에 모였다.

"예전에는 장이 큰께 장날 장 구경 가면 이 마을 저 마을 사람 얼굴을 봤는디, 인자 1년에 한 번씩 미황사에나 와야 다른 동네 친구들 얼굴을 볼 수 있당께."

어르신들은 미황사 마당에 둘러앉아 이야기꽃을 피우고, 춤을 추고, 노래를 불렀다. 마을 대표를 뽑아 며칠씩 맹훈련을 하고 노래자랑에 나오는 진풍경도 벌어졌다. 화려하진 않으나 소박하고 정겨운 동네잔치가 절 마당에서 펼쳐졌다.

부처님 오신 날 미황사에 가면 잔치가 벌어진다는 소문이 동네방네 퍼졌다. 해를 거듭할수록 참가자 수는 늘어났다. 어린 시절 보았던 살가운 풍경이 미황사에서 재현된 것이다.

간절한 마음을 담고…

부처님 오신 날이 얼마 남지 않았다. 벌써부터 절은 행사 준비로 분주하다. 절 마당에 색색의 연등이 내걸릴 것이다. 가족의 이름과 소원이 적힌 등표도 함께 나부낄 것이다. 가족의 건강을 발원한 이도 있을 것이고, 시험의 합격을 염원하는 이도 있을 것이다. 어떤 이는 마음의 평안을 바랄 것이고, 세계의 평화로움을 기원하는 이도 있을 것이다.

바라고 원하는 것은 가지가지이지만 간절한 마음만은 매한가지일 것이다. 그런 마음이라면, 그런 마음으로 산다면 모두에게 좋은 일이 많을 것이다. 부처님 오신 날, 모두 모두 행복한 날이 되었으면 좋겠다.

산사 山寺의

일상에서

마음을 쉬다

템플스테이(templestay, 산사체험)

절집에 올 때는 '내가 어느 학교를 나왔고 얼마나 공부했는지, 우리 집 가문은 어떻고 재산은 얼마인지, 지위가 얼마나 높은지'에 대한 생각을 가지고 들어오면, 그 생각의 무게만큼 손해이다.

그러한 생각을 버리도록 하는 '입차문래(入此門來) 막존지해(莫存知解)'라는 말이 있다. 문을 들어 올 때에는 자신이 알고 있는 모든 것을 버리라는 것이다. 산속 절집을 찾아 올라오면 처음 만나게 되는 일주문 양쪽에 쓰여 있는 글귀이다.

누구나 한번쯤 자신의 일상에서 벗어나기를 꿈꾼다. 하여 깊은 산속 절집에 은둔하듯 머물며, 그 동안의 자신을 돌아보고 맑은 기운을 담아 그 힘으로 새 삶 살기를 갈망한다.

그러한 마음을 담아줄 절집이 현대인들에게는 더더욱 필요하다. 수많은 정보와 바쁜 일상, 경쟁 사회 속에 살고 있는 사람들에게는 삶의 가치마저 혼란스러울 때가 한두 번이 아닐 것이다. 그럴 때 산속 절집은 큰 위안이 되어줄 매력적인 공간임에 틀림없다.

땅끝마을 미황사와 템플스테이의 인연

2002년 봄, 신문에서 템플스테이 사찰을 모집한다는 공고를 보았다. 월드컵 기간에 외국인들이 경기를 관람한 뒤 한국의 문화를 체험하도록 공간을 만들어주자는 취지의 내용이었다. 특히 한국적인 것의 고갱이를 고스란히 간직한 사찰이야말로 가장 맞춤한 공간이니 더불어 동참하자는 것이었다.

땅끝마을에 위치한 작은 절 미황사에서 신청했다 하여, 조계종 포교원에서 웃음거리가 되고 말았다. 당시 포교국장을 맡았던 주경 스님이 "미황사는 경기장이나 서울에서 거리가 멀어 접근성이 떨어지고, 외국인들에게 내세우기에는 작은 절이라서 교구본사 중심으로 선정하기로 하였습니다."라는 통보를 해왔다.

이에 "거리가 먼 것은 이유가 되지 않습니다. 서울 중심의 사고를 하지 말고 찾아오는 외국인 중심으로 생각한다면, 한국 땅 전체가 얼마 안 되는 거리입니다. 그리고 편리하고 시설 좋은 곳을 원하는 사람들은 호텔을 찾을 것이고, 템플스테이를 하기 위해 찾아오는 사람들은 오히려 작되 고요한 미황사 같은 곳을 더 좋아할 것입니다. 우리는 지원을 꼭 바라는 건 아닙니다. 그러하니 이름만이라도 올려 주십시오."라고 간절히 부탁드렸다. 그렇게 미황사와 템플스테이는 인연을 맺었다.

2000년 주지를 맡자마자 어린이들을 대상으로 '한문학당'을 했던 경험이 큰 소리를 치게 했는지 모른다. 아이들에 맞추어 세면장, 화장실과 침실 등의 시설을 만들고, 다도나 예불, 참선, 사찰 문화

체험의 프로그램들을 만들어 운영했기에, 그것을 대상에 맞게 적용할 준비가 되어 있었던 것이다.

상처 입은 현대인들의 마음 치유

한국 땅에 살면서 출가 수행자의 길을 걷는 나에게는 늘 근본적인 의무감 같은 것이 있다. '어떻게 하면 이 좋은 절과 부처님의 가르침을 사람들을 위해 활용할 수 있을까.' 그것은 늘 나를 따라다니는 화두이기도 하고, 내 행동을 규정하는 잣대이기도 하다. 또한 내가 속한 집단에 대한 애정의 발로일 수도 있고, 수행자로서의 원력일 수도 있겠다.

한국의 사찰은 보배창고와 같은 곳이다. 천오백 년이 넘는 동안 깨달음을 전달하기 위한 갖가지의 건물과 형상, 도구들이 널려 있고, 마음을 닦는 그 시대 최고의 지성인들이 무리를 이루며 살았던 곳이다. 그러한 전통이 끊어지지 않고 지금까지도 생생하게 남아 있는 곳이기에 더욱 그렇다.

문화적 측면으로 보면 조선시대에는 억불정책이라는 외적 요인으로 인해 오히려 내적인 발달을 이룬 기간이기도 하다. 일반 사회와는 거리를 두고 산속 절에서 자급자족하는 생활과 절도 있는 수행 생활을 하며, 역설적이게도 내적 발전을 이루는 계기가 되었다.

수많은 정보와 바쁜 일상,
경쟁 사회 속에 살고 있는 사람들에게는
삶의 가치마저 혼란스러울 때가
한두 번이 아닐 것이다.

그럴 때 산 속 절집은 큰 위안이 되어줄
매력적인 공간임에 틀림없다.

그때의 숭고한 가치가 지금껏 고스란히 남아있으니 보물창고가 아니고 무엇이겠는가.

사찰음식과 운력, 사경과 참선, 연등 만들기와 단청 그리기, 탁본과 다도 등 그 내용이 무수히 많고, 또한 그 내용이 하나같이 상처입은 현대인들의 마음 치유에 도움이 되는 것들이다.

사찰의 구조가 처음부터 승속의 경계가 엄연한 공간은 아니었다. 조선시대를 거치며 스님들만의 고유 공간으로 변하였고, 세상사람들과 차단되어 극히 일부에게만 열린 장소가 되고 말았다. 즉 외부인에 대한 프로그램이 전무한 상태로 지금까지 내려온 것이다. 그러한 측면에서 본다면 템플스테이는 닫혀 있던 사찰이 세상사람들과 소통하는 아주 중요한 길인 셈이다.

일상 속에서 행복을 나누다

템플스테이로 인하여 사찰이 변한 것은 없다. 다만 나만의 일상이, 대중과 함께 나누고 호흡하는 공동체의 일상으로 변모했을 뿐이다. 그래서 미황사에서 하는 템플스테이는 힘이 들지 않는다. 억지로 하는 일이 없이 흐르는 물처럼 자연스럽다.

새벽에 함께 예불을 드리고, 선방에 고요히 앉아 참선하고, 몸을 푸는 요가를 하고, 새소리 들으며 부도전까지 산책을 하는 일이다. 자연이 주는 맑은 먹을거리로 소박한 밥상을 차려 나누는 일도 감사하다. 작설차 한 잔을 함께 나누며 입 안 가득 고이는 향기를 음미하는 것도 좋다. 마음에 빗질을 하듯 도량을 깔끔하게 쓸며 마시는 아침 공기는 정신을 씻겨주는 청량음료 같다.

그저 나를 행복하게 했던 평범한 일상을 도반들과 함께 나누며 행복해 하는 것으로 족한 것이 템플스테이다. 대중 스님들이 많은 큰절에 사는 마음과 똑같이, 잠시도 방심하지 않고 공부를 점검할 수 있어서 템플스테이 와준 분들이 그저 고마울 따름이다. 나는 그들 속에서 깊은 수행을 하며 여물어 간다.

저 봄의 산야가 펼쳐놓은 성찬을 보라. 어제 다르고 오늘 다른 저 찬란한 산 빛을 보라. 제 각각이면서 또 하나의 모습인 살아있는 봄이 들려주는 설법이 들리는가.

기억과 소통

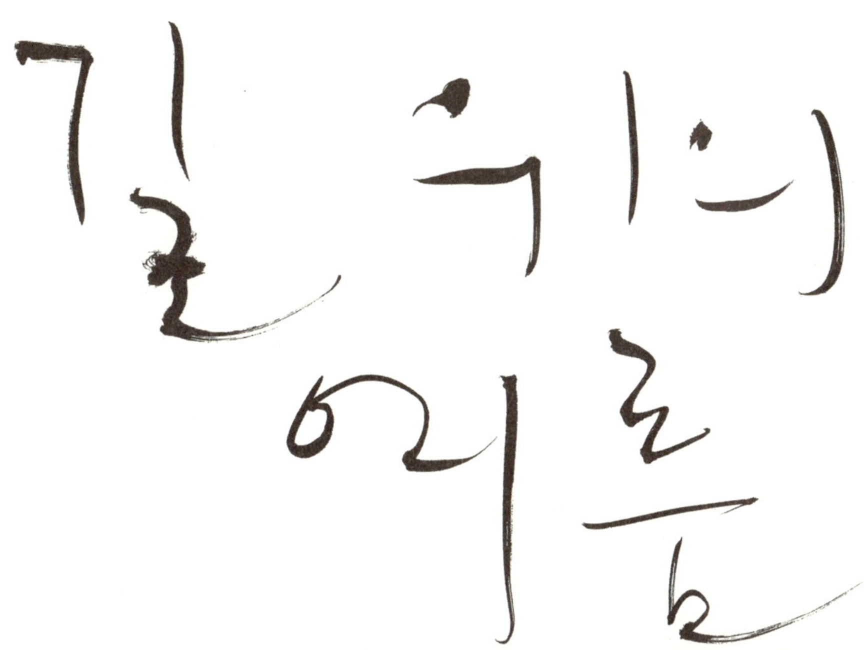
길 위의 여름

자,

차나

한
잔
하십시다

차담(茶談)

2000년 봄이었다. 백양사 운문암에서 동안거 해제를 하고 미황사에 도착해서 하룻밤을 자고 난 아침이었다. 아랫마을 사는 노보살님이 밥을 해주러 올라와서는 "오메 시님 오셨소! 그나저나 스님 축하하요." 한다. "축하는 무슨 축하요?" 궁금해서 물으니, 주지 현공 스님이 어제 떠나면서 "'인자 금강 스님 보고 주지 스님이라 하시오' 했당께요." 하는 것이 아닌가. 갑자기 아득해졌다.

지난겨울 선방에서 유달리 공부가 잘 되어 '이왕 시작한 공부 뿌리를 뽑으리라' 마음먹은 참이었다. 내친 김에 옷가지 몇 개 챙겨 떠나려고 들른 길인데 발목이 잡힌 꼴이 되었다. 그때부터 망연히 세심당(洗心堂) 치실에 앉아서 차를 마시기 시작했다.

'주지를 맡을 것인가, 말 것인가. 지금 공부하지 않으면 언제 다시 이렇게 지극한 마음이 일어나 공부를 한단 말인가. 주지를 맡는다는 건 이번 생에는 지극한 공부를 포기해야 한다는 말이 아니겠는가.'

10년 동안 걸망 풀어 놓고 자유롭게 다녔으니 그에 대한 보상으로 주지를 맡긴 맡아야 할 것 같았다. 그러나 답답한 심정은 이루 말할 수 없이 컸다. 그렇게 등 떠밀리듯 주지가 되었다. 혼자 차를 마시면 주지가 하는 일 없이 빈둥거리는 것 같아 보여, 지나가는 사람이 있으면 "차나 한 잔 하십시다." 하며 붙들고 차를 마셨다.

사람들 사이에 길을 놓아주는 징검다리

미황사는 제법 알려진 곳이어서 가족이 함께 구경하러 오거나 떼를 지어 온 답사객들이 종종 있었다. 그런데 그렇게 미황사에 와서 차를 마시고 간 사람들의 입을 통해, 미황사에 가면 주지 스님이 공짜로 차를 주고 인생 상담도 해준다는 소문이 퍼졌다. 입소문은 꼬리에 꼬리를 물고 무서운 속도로 퍼져나갔다.

어느 날 방문을 여니 마루에 즐비하게 차례를 기다리는 사람들이 있었다. 차 맛을 보겠다고 기다리는 사람들이었다. 날마다 아침 9시부터 마시는 차가 오후 6시가 되어야 끝이 나곤 했다. 몸이 차로 가득 차, 바늘로 손끝을 찔러보면 푸른 찻물이 뚝뚝 떨어질 것 같았다.

그렇게 미황사 차 맛을 본 사람들이 늘어갔다. 미황사를 좋아하는 사람들이 기하급수적으로 늘어난 원인이기도 했다. 절을 둘러보러 온 사람들에게 절은 언제나 낯선 공간이다. 그러면서도 호기심 가득 찬 눈길로 바라보는 곳이기도 하다. 그러나 그들은 언제나 절에선 낯선 이방인일 뿐이다. 그들이 미황사에서 손님이 되어 만화경 속 같은 경내의 한켠을 구경할 수 있었으니, 그것만으로 미황사를 좋아하기에 충분했던 것이다.

절에 오는 사람들 누구든 차별 없이 차를 나누어준 덕분에 사람들과 스스럼없이 만날 수 있었고, 사람들의 고뇌를 간접적으로나마 만날 수 있었다. 그런 의미에서 차는 나와 사람들 사이에 길을 놓아준 징검다리 같은 존재라고 할 수 있다. 생각해보면 내 인생에 차가 없으면 아주 심심할 것 같다. 말을 조리있게 하는 것도 아니고 수행 내용도 변변찮은데, 차만 있으면 누구든 만날 수 있으니까 말이다. 맑은 차 한 잔으로 그저 족하다.

나는 우리나라에서 생산한 차만 마신다. 가장 신선하고, 맛과 향이 은은하다. 차를 마셔본 사람들 중 많은 이들은 절에서 스님들이 주어서 처음 먹어 보았다고 말한다. 그래서 첫 경험이 될 수 있는 나와의 차남 시간을 허투루 할 수가 없다. 좋은 우리 차를 대접하는 이유이다. 처음 맛을 본다는 것은 아주 중요하다. 그 이후의 모든 기준은 첫 번째 경험으로 평가 기준을 삼기 때문이다.

바쁜 생활 속의 참다운 휴식

'한문학당'이나 집중수행인 '참사람의 향기'를 진행할 때에는 항상 차담시간을 1시간 넣는다. 아이들이나 어른들이 일상생활 속에서 가족들과 함께 차를 달여 마실 수 있도록 하기 위한 교육이다. 실제로 한문학당을 졸업하는 날 부모님을 보자마자, "엄마, 다구

절에 오는 사람들 누구든 차별 없이
차를 나누어준 덕분에
사람들과 스스럼없이 만날 수 있었고,
사람들의 고뇌를 간접적으로나마 만날 수 있었다.

그런 의미에서 차는
나와 사람들 사이에 길을 놓아준
징검다리 같은 존재라고 할 수 있다.

(茶具) 구입해서 차 마시자."고 조르는 녀석들을 보기도 한다. 차담 시간을 할애한 효과가 곧바로 나오는 걸 볼 때면 혼자서 빙긋이 웃곤 한다.

절에는 늘 직접 차를 달일 수 있도록 다구를 여러 벌 준비 해두고 기회 있을 때마다 차 이야기를 한다. 처음에는 두 손으로 찻잔을 들어 색과 향과 맛을 음미하며 마시는 방법과 다구들의 명칭, 차를 맛있게 달이는 법을 이야기한다.

그 다음에는 4,500년 전 중국의 염제 신농씨가 72가지 중독증상을 차로 해독하면서 차의 효능을 발견한 이야기 등 차의 역사가 이어진다. 그 뒤에는 차는 잠을 적게 해주고, 머리를 맑게 해주어 공부하는 학생들에게는 가장 필수적인 음료라는 이야기 등 갖가지 차의 효능에 대해 설명해준다.

그리고 세계인의 차 문화 차이에 대한 이야기도 빼놓지 않고 들려준다. 중국인들은 향을 좋아해서 발효시켜서 만들고, 일본인들은 색을 좋아해서 증기에다 찌며, 우리나라 사람들은 맛을 좋아해서 솥에 덖어서 만든다. 그리고 유럽 사람들은 차에 레몬즙이나 설탕, 위스키를 첨가해서 즐긴다는 이야기를 해주면 절로 고개를 끄덕이며 듣곤 한다.

요즘 시대에 차는 아무래도 스님들이 좋아하기 때문에, 스님들과 차에 얽힌 이야기나 내가 수행자로 살면서 겪었던 이야기도 좋은 차담거리가 되어 준다. 그리고 일지암에 사셨던 초의 선사와 추사 김정희, 다산 정약용, 소치 허유 선생 사이에 오간 아름다운 이야기며, 동다송(東茶頌, 초의 선사가 시로써 다도를 설명한 글)도 차 맛을 돋궈주는 소재가 된다. 차 이야기를 시작하면 이야기가 끝날 줄 모르고 이어진다.

차는 수승화강(水昇火降)이라 했다. 물 기운은 올려주고, 불기운은 내려준다는 말이다. 머리를 맑게 하는 데 좋다는 이야기이다. 스님들이 차를 좋아하는 이유도 여기에 있다. 눈, 귀, 코, 혀, 뇌 등의 다섯 가지 의식작용을 하는 곳이 머리에 집중되어 있어서 머리에 항상 열이 생겨나는데, 머리에 열을 내려주는 것으로는 차와 절[拜]과 잠이 최고의 묘약이다.

또 차는 사람들과 만나는 소통의 도구이면서 자신에게는 휴식을 주는 것이다. 따라서 현대인에게 차담은 나와 타인과의 관계에서 없어서는 안 될 가장 필요한 시간이라 할 수 있다. 바쁘다는 핑계는 잠시 접어두고 맛과 향과 색이 맞춤하게 우러난 찻잔을 들자.

"자, 차나 한 잔 하십시다."

콜라
에는

고기도
안
들어 있는데

왜
안 줘요 한문학당

매년 여름이 오면 기다림과 긴장이 교차하는 시간들이 꽤 길다. 벌써 9년의 여름을 '한문학당' 프로그램을 운영하며 아이들과 뛰놀고 씨름하면서 보냈다. 해마다 새로운 아이들이 전국에서 찾아온다. 심지어는 미국이나 인도, 중국 등지의 교포 2세 아이들까지 찾아온다.

매번 준비에 최선을 다하려 애쓴다. 이제는 시설과 교육재료들이 넉넉한데도 구입할 새것들이 또 생기게 마련이다. 세상이 달라지고, 아이들도 달라지고, 내 경험이 달라지니 그에 따른 준비물도 때에 따라 달라지는 것이다. 그러면서 조금씩 한문학당은 격을 갖추어 간다. 발우를 묶는 줄은 접착식으로 바뀌고, 긴 밥상 책상은 개인용 책상으로 바뀌고, 방석은 등받이 좌식의자로, 4시 기상시간은 5시로, 아침 발우공양은 좀 더 자유롭게 진행하는 것으로 제 모습을 갖추어 나간다.

천년 사찰에서 배우는 일생의 자산

산중은 아이들이 경험하기에 가장 좋은 환경을 가지고 있다. 역사와 문화와 자연이 생생하게 한데 어우러져 있기 때문이다. 늘 새로움을 찾는 아이들의 속성을 고려하면 최적의 조건을 갖춘 셈이다.

그런데 아이들의 시간은 어른의 그것과는 사뭇 다르다. 어른들이 늘 그들의 입장에서 시간과 환경을 생각하는 데 반해 아이들은 어른들이 생각하는 시간보다 몇 배나 긴 시간을 보낸다. 매우 느리게 느끼고, 세세하게 살피며, 마음 깊숙이 받아들인다. 그래서 그들의 한 시간은 어른의 한 시간보다 몇 곱절 긴 한 시간이 되는 셈이다.

태어나서 일곱 살까지는 사람이나 사물들에서 느껴지는 파장이 큰 영향을 준다. 그리고 일곱 살부터 열네 살 때까지는 경험한 새로운 사실들을 스펀지가 물을 빨아들이듯 받아들인다. 이때 경험한 모든 것들이 어른이 되어서도 사물을 바라보는 기초가 된다.

천년이 넘는 역사를 간직한 곳에서 여러 날을 보내다 보면 자신도 모르게 그 역사가 스며들어 온다. 더구나 수많은 수행자들의 맑은 기운들이 가득한 곳이 사찰이 아닌가.

산에서 부는 바람이 에어컨이나 선풍기의 바람보다 더 시원하다는 것을 느끼고, 영화나 텔레비전에서 보는 풍경보다 직접 보는 저녁놀이나 밤하늘의 별이 더 깊이 가슴으로 느껴지는 경험은 일생 동안의 큰 자산이 될 것임에 틀림없다. 살아있는 경험은 학교에서 배울 수 있는 영역이 아니다. 살아 숨 쉬는 공간에서만 느낄 수 있는 것이다.

아이들에게 7박 8일은 짧지 않은 시간이다. 7일이 넘으면 체험이 아니라 생활 프로그램이라 할 수 있다. 한문학당에서 익힌 것들

산중은 아이들이 경험하기에 가장 좋은
환경을 가지고 있다.
역사와 문화와 자연이 생생하게
한데 어우러져 있기 때문이다.
늘 새로움을 찾는 아이들의 속성을 고려하면
최적의 조건을 갖춘 셈이다.

이 실제의 생활에 적용이 되려면 7박 8일은 되어야 한다는 생각에 녹록지 않은 시간을 교육기간으로 정했다. 행사 기간 동안에는 부모들과 면회나 통신도 일체 할 수 없다. 그 동안의 생활처럼 부모에 의지하는 마음을 자신이 혼자 생각하고 생활할 수 있는 힘을 기르도록 하기 위함이다. 이 방식은 아이들에게 주변의 자연과 절과 스님들에게 집중하는 효과가 있으며 친구들과도 급속하게 가까워지게 한다. 따라서 서로서로 의지하는 효과가 십분 발휘되는 것이다.

달마산에 울려 퍼지는 학동들의 낭랑한 목소리

오래 전 광주 원각사에서 학생회 지도를 할 때의 제자가 미황사를 찾아왔다. 이야기를 나누는 중에 방학이 되면 아이들을 청학동 한문서당에 보낸다는 이야기에, "한문은 내가 더 잘 가르칠 수 있는데…. 올 여름에 한문학당을 해 볼까?" 하는 말이 불쑥 나왔다. 불쑥 나온 말이지만 가볍게 뱉은 말은 아니었다. 도회지에서 오랫동안 어린이 법회를 했던 경험도 있었고, 매일 예불을 마치고 큰 마당을 돌면서 이 마당에서 혼자 놀기에는 너무 아깝다는 생각을 자주 하던 터였다. 멋진 달마산과 아름다운 '바다 정원'과 저녁놀을 간직한 마당에 아이들을 뛰어 놀게 하고 싶었다.

무엇을 어떻게 가르칠까 고민하던 중에 큰절에서 자주 놀러오시던 법인 스님과 이야기 하다가 법인 스님이, "한문은 내가 가르치면 안 될까요? 전에 아이들 대상으로 사자소학을 가르친 적이 있는데…." 하는 것이 아닌가. "그러면 생활지도는 제가 하지요. 강원생활을 아이들에게 접목시켜서 어린이 강원을 만들면 교육 프로그램으로는 최고가 될 것 같습니다." 그렇게 두 사람이 의기투합을 해 시작한 것이 미황사 한문학당이었다.

한 폭의 그림 같은 달마산과 대웅전의 풍경 속에서 뛰어 놀던 아이들이 졸업하고 집으로 가기 전에 한마디씩 한다. "스님, 8일 동안 이나 그림 속에서 뛰어놀다 가는 것 같아요, 겨울에 또 올게요." 그 말에 나는 감동을 한다. 그 맛에 힘겨운 한문학당을 지금껏 이어오고 있는지도 모르겠다.

2000년 여름 첫 해 교육을 마치고 법인 스님과 나는 쓰러지기 일보 직전이었다. 가까운 병원에 가서 포도당 주사라도 맞아야 회복될 것 같아서 시내 병원을 기웃 거리다 파업 탓에 영양제는 구경도 못하고 절로 되돌아 왔던 기억이 지금도 생생하다. 온 마음 다해서 절집에서 얻어먹은 밥값을 했노라, 농담을 주고받았던 기억이 엊그제 일처럼 선연하다.

"야! 이놈들아, 공부해서 남 주냐?" "스님은 남 주고 있잖아요."

"콜라에는 고기도 안 들어 있는데 왜 안 줘요?" 하며 떼쓰던 아이들의 목소리도 귀에 쟁쟁하게 들린다.

사음수(蛇飮水)하면 성독(成毒)하고
우음수(牛飮水)하면 성유(成乳)하니라.
뱀이 물을 마시면 독을 만들고
소가 물을 마시면 우유를 만드니라.

궁공조각(弓工調角)하고 수인조선(水人調船)하며
재장조목(材匠調木)하듯이 지자조신(智者調身)이니라.
활 만드는 장인은 뿔을 다듬고, 배 만드는 장인은 배를 다루며
목수는 나무를 다듬고, 슬기로운 사람은 자신을 다스린다.

한문학당 학동들이 읊는 경구이다. 벌써부터 아이들의 낭랑한 목소리가 들리는 듯하다. 매미소리와 경쟁이라도 하듯 온 경내 돌고 돌아 종소리처럼 되울려 퍼지며 미황사를 싱그럽게 피워내던 그 목소리. 올해에는 또 어떤 녀석들이 찾아올지 벌써부터 기대가 된다. 한바탕 신나게 놀아볼 참이다.

삶의 방향을 가리켜 주는 별이 되어…

칠월칠석 불공과 백중 천도재

미황사 대웅전 뒤편에는 삼성각(三聖閣, 북두칠성, 독성, 산신을 모신 전각)이라는 조그마한 전각이 세워져 있다. 이 전각 가운데에는 북두칠성을 상징하는 칠성탱화가, 왼쪽에는 달마산 산신이 호랑이와 동자를 거느리고 있는 모습의 그림이, 그리고 오른쪽에는 홀로 깨달음을 성취하였다는 나반 존자의 탱화가 모셔져 있다.

삼성각에 모셔진 이 분들은 각기 다른 신통력을 갖추고 있어, 찾아오는 사람들 처지에 맞는 소원을 들어준다. 절 가장 높은 곳에 삼성각을 지은 데는 사람들의 간절하고도 애절한 염원이 그 안에 깃들어 있기 때문이다.

까마늑한 옛날 불빛이 없던 시절에는 어둠이 가장 두렵고 무서운 존재였을 것이다. 어둠 저 편은 언제나 검은 장막이 처져있는 음습한 곳이었다. 그런 어둠과 결별하는 방법은 밝음을 찾아가는 길밖에 없었고, 어둠 저편에 자리한 별과 달이 대안이었다. 그중에서도 늘 하늘 그 자리에서 빛나는 별은 밤하늘의 길잡이였다. 특히 어둠 속에서 방향을 알려주는 북두칠성은 말 그대로 위대한 별이었다.

그런 별을 존중하다보니 해와 달을 관장하는 별이 되고, 바람과 비를 주관하는 별이 되고, 인간의 길흉화복을 점치는 별이 되고, 드디어 '치성광여래(熾盛光如來)'라는 부처님의 모습으로 그 의미가 확장되어 사람들에게 '염원의 별'이 되어버린 것이다.

칠월칠석날의
정성스런 불공

한여름 뙤약볕 아래 경내는 법회 준비로 분주하다. 1년 중 딱 하루 삼성각이 법회의 주 무대가 되는 날, 음력 칠월칠석날이다.

교통이 편리하지 않던 시절에는 칠석 전날에 다들 절에 모였다. 장날 시장에서 준비한 과일과 보자기에 꽁꽁 싼 쌀을 대바구니에 담아 절까지 10리 넘는 길을 걸어서 찾아왔다. 오다가 뱀이라도 만나면 부정한 것을 보았다 하여 집으로 돌아가는 일도 있었다. 부처님 오신 날보다 더 큰 행사로 여기는 신도들도 많았던 터라 1년에 한 번뿐인 절 나들이를 마다하고 되돌아 간 것이다.

그러고는 다음 해 칠석날 찾아와서는 "오메 시님 반갑소. 작년에는 절에 오다가 길에서 뱀을 봤는디라우, 께꾸룸해서(께름칙해서) 집으로 가부렀소. 그러다봉께 1년 만에 스님을 보요." 하는 것이었다. 지금은 절에 승합차가 있어서 아침 일찍부터 마을을 돌며 실어 나르니 이런 일은 추억 속의 이야기가 되고 말았다.

그래도 칠석날이 가까워지면 옆집에서 개를 잡는 것을 보았는데 절에 불공드리러 가도 되는지, 상갓집에 다녀왔는데 절에 가도 괜찮은지 묻는 경우가 많다. 1년에 몇 번 찾아오지 않는 절이다 보니 도리어 그 마음이 더 조심스러운가 보다. 칠월칠석을 앞두고는 유난히 가정 내의 대소사에 대한 문의가 많다.

"시님, 우리 아들을 가을에 장개 보냈으면 좋것는디 날짜 좀 잡아주씨요."

"집을 새로 짓는디 상량식 때 염불 좀 해줘야 쓰것소."

"이번 여름에는 오만 삭신이 쑤셔 쌌는디, 이랄 때는 무신 기도를 하면 좋겄소?"

절에서 지내는 불공이 다 그러하지만 칠석날은 더욱더 가족의 안녕을 바라는 내용이 많다.

백중,
가장 맑고 수행이 충만한 날

여름이 되면 전국의 절들은 다들 바쁘다. 백중날(음력 7월 15일)에 조상 천도재를 지내기 위해, 거꾸로 49일을 거슬러 올라가 7일에 한 번씩 일곱 번의 천도재를 지내는 새로운 법회가 생겼기 때문이다.

본래 백중은 여름 한 철을 안거한 채 열심히 정진한 스님들의 여름공부가 끝나는 날이다. 따라서 가장 맑고 수행이 충만한 날로 여겨, 이 날을 택하여 돌아가신 부모나 일가친척들의 영가 천도재를 지내는 것이다.

백양사 운문암에서 정진하던 시절 백중 때 일이 생각난다. 서옹

교통이 편리하지 않던 시절에는
칠석 전날에 다들 절에 모였다.
장날 시장에서 준비한 과일과 보자기에 꽁꽁 싼
쌀을 대바구니에 담아
절까지 10리 넘는 길을 걸어서 찾아왔다.

큰스님이 생존해 계실 때, 여름 해제날인 백중이 되면 큰스님과 선방 스님들이 큰방에 모여 여법하게 천도재를 지내는 것으로 석 달 동안의 안거를 멋지게 회향하곤 했다. 그 아름답고도 당당하던 모습이 아직도 생생하다.

이때는 선방의 스님들도 이미 돌아가신 부모님이나 친지의 위패를 올려 천도재에 동참하고는 했다. 세속의 인연은 끊어졌으나 부모님 살아생전에 다 하지 못한 효도가 회한이 되어 그리 했을 것이다.

한 철 열심히 공부한 마음을 다시 한 번 되돌아보며, 여러 스님들과 함께 지내던 천도재를 생각하면 지금도 마음이 뿌듯하다.

여름 철의 더운 열기와 수행의 열기가 만나는 스님들의 하안거 기간은 생각만으로도 활발발한 기운이 돈다. 그러한 수행의 기운을 회향하는 날이 칠석과 백중이다. 칠석은 나와 함께하는 모든 살아있는 대중에게 행복과 평화로움을 나누는 날이다. 그리고 백중은 나를 이 자리에 있게 만들어준 인연들에 감사하고 자신의 소중한 삶을 다시 한 번 되돌아보는 중요한 시간이다.

조심스럽다. 땅끝마을 사람들의 소박한 미소와 정성스러운 마음을 담아, 목탁 들고 축원 올리는 칠석불공과 백중 천도재가….

깜깜한 밤에 길을 밝히는 북두칠성을 향해 두 손을 모은다. 더 깊어지는 공부를 하여 사람들의 행복한 삶의 방향을 묵묵히 가리켜주는 별이 되고 싶다.

절집은 어떻게 만들어지는가

불사(佛事)

"다 똑같네."

마당을 지나가다 젊은 부부가 하는 말을 엿들었다. 절집의 모든 건물이 기와집으로 다 똑같은데, 이 절은 왜 또 왔느냐는 불만을 그리 뱉어낸 것이다.

겉모습만 보면 목조 건물로서 지붕에 기와가 올라가 있고, 팔작집이거나 맞배집일 터이니 구조가 일반 민가에 비해 다양하지 못한 건 사실이다. 마치 우리가 서양 사람들을 보면 다 비슷비슷하게 생겼다고 느끼고, 일반인들이 스님들을 볼 때도 다른 차이를 구분하지 못하고 같다고 느끼는 것처럼 말이다.

하지만 집이란 겉에서 보는 모습이 전부일 수 없다. 안에 들어가 촛불을 켜보고, 108배 절도 해보고, 잠도 자보고, 스님을 만나 차도 마시고 난 뒤에 다시 바라보면 그때의 집은 이미 다른 집으로 다가온다.

관광객에게는 절집이 산속의 한 공간에 불과할지 모르나 그 속에는 이야기가 있고 사람들의 삶이 있다. 그 깊은 속살을 보지 않고선 다 안다, 다 보았다고 섣불리 말을 해선 안 된다. 특히 절집은 일반인의 삶과는 전혀 다른 공간에 있기 때문에 불자가 아니면 쉬이 접근하기 어려운 곳이다. 관계 맺기가 어렵다보니 이해하고 수용하기가 여간 까다로운 공간이 아니다.

지극한 마음과 성성한 기운이 가득 차 있는 건물

절집의 중심 건물은 부처님상이 모셔진 대웅전이다. 석가모니 부처님을 모시고, 그 가르침을 날마다 가슴 깊이 새기며, 욕망과 어리석음을 벗고 청정함과 지혜로움이 충만한 내가 되겠노라 발원하는 곳이다. 그래서 대웅전을 지을 때는 그 시대의 가장 장엄한 건축기술을 살려 최고의 정성을 기울인다. 안에 모셔진 부처님상이나 닫집, 단청들이 바로 부처님에 대한 신심의 표현들이다.

미황사의 대웅전은 1,300여 년 전부터 터를 닦고 수행하던 곳이었다. 그런데 정유재란(1597년) 때 불에 타고 그 이듬해부터 스님들이 아침저녁으로 공부하면서 불사(佛事)를 했다. 낮에는 운력을 하고, 밤에는 공부를 하면서 4년에 걸쳐서 지었다 한다. 나무는 땅끝에서 배 타고 40여 분 가야 하는 보길도에서 운반해왔다. 수행과 원력과 정성의 삼박자가 조화를 이뤄 완성했음을 알 수 있다.

400여 년 동안 이 건물에서 수많은 스님들이 예불을 올리고 기도를 하며 수행을 했다. 매일 매일 새벽같이 일어나 촛불을 켜고, 청정수를 올리고, 향을 피우며 올곧게 살았던 수많은 수행자들이 지켜온 곳이다. 따라서 그곳에는 그들의 지극한 마음과 성성한 기운들이 가득 차 있다.

스님들의 생활공간인 요사에 깃든 정성도 대웅전과 별반 다르지 않다. 부처님의 행동과 말과 마음을 따르고자 수행하는 사람들이 머무는 방이니 이곳도 법당이기는 마찬가지이다. 최소한의 도구로 검소하고 절제된 생활을 하며 악전고투의 수행을 하는 것이다.

기와 한 장이 들려주는 법문

"대웅전에 기와장이 몇 개 올라가는 줄 아시나요? 저렇게 수많은 기와장이 올라가서 지붕을 덮는 것은 많은 사람들의 마음을 한곳에 모으는 것과 같아요. 한 장이라도 빠져있거나 깨진다면 그 쉽은 비가 스며들어서 쓸모없게 되고 맙니다. 절에 방문할 때는 가시는 곳마다 기와 한 장씩 시주하고 가세요. 우리의 마음에 비가 스며들지 않도록 매일 매일 다짐을 하듯이 말입니다."

내가 신도님들께 늘 하는 말이다. 기와불사를 통해 자기 마음 단속을 잘하기 바라는 마음에서다. 나는 날마다 기와지붕을 올려다 보면서 또 공부를 한다. 매년 두 번씩 지붕에 올라가 겨울 추위에 깨어진 기와는 없는지, 태풍에 간격이 어긋난 곳은 없는지, 잡초가 난 곳은 없는지 두루두루 살핀다.

수행을 깊이 하여도 이 몸은 욕망의 소산들로 가득하여, 끊임없

©박종선

절집의 구조는
단순한 건물의 나열이 아니다.
무엇 하나 허투루 지어진 공간이란 없다.

부처님의 사상과 가르침이
건물 곳곳에 가치 있는 의미로 숨겨져 있다.

이 바람 불고, 비가 내리고, 얼음이 언다. 매 순간 깨어서 문득 문득 일어나는 번뇌들을 살피지 않으면 금이 간 기와 때문에, 집에 물 새듯 헛된 수행이 되고 만다. 지붕 위 기와 한 장이 들려주는 법문은 참 깊고도 오묘하다.

불사의 원력으로 빚어진 아름다운 가람

절집에는 도감(都監)이라는 소임이 있다. 절의 건축불사와 재산을 관리하는 소임으로 주지의 역할보다 더 중요하다. 지치기 쉬운 소임이니 무엇보다 끊임없이 샘솟는 원력이 있는 스님이라야 한다.

근세에 해인사가 가람이 훌륭하고 스님들이 가장 많이 모여 사는 데에는 오랫동안 도감 소임을 보셨던 종성 스님이 계셔서이다. 또한 송광사가 현재의 훌륭한 가람이 이루어지기까지는 불사도감 현고 스님이 주석하고 계셔서이다. 이렇듯이 오늘날 스님들이 많이 모여살고 훌륭한 가람을 갖춘 곳은 사찰의 건축과 재산을 담당하는 도감의 역할을 맡고 계시는 스님이 있기 때문이다.

미황사가 달마산의 아름다움과 조화를 이루는 전각들이 세워진 데에는 불사도감의 원력을 내신 전 주지 현공 스님의 역할이 있었기 때문이다. 한 도량에 불사원력을 내어 일심으로 살기란 쉽지 않은 일이다. 20여 년간 하루도 빠짐없이 도량을 살피고, 건물을 짓고, 관리하는 모습을 볼 때면 '저 분이 보살의 화신이 아닌가?' 여겨지곤 한다.

나는 스님이 도량에 대한 불사 원력을 얼마나 간절히 세워 실천해왔는지 알기에 10년 전 망설임 없이 주지 소임을 맡았다. 그것이 녹록지 않은 불사를 위해 매진해온 스님에 대한 예의라 믿었기 때문이다. 지금 미황사가 안팎으로 인정받을 수 있게 된 것은 순전히 스님의 그런 노력 덕분임을 말해 무엇 하겠는가.

절집의 구조는 단순한 건물의 나열이 아니다. 무엇 하나 허투루 지어진 공간이란 없다. 부처님의 사상과 가르침이 건물 곳곳에 가치 있는 의미로 숨겨져 있다.

"일주문의 기둥이 왜 한 개인지 아는가? 사천왕이 절 들머리를 지키는 뜻은 무엇인가? 대웅전은 무엇이고 대웅보전은 또 무엇인가?"

한 발짝 뗄 때마다 물어오는 저 가람의 묵언 속 질문을 제대로 듣지 못한다면 절집을 제대로 보았다 말하기가 곤란하다. 이제 우리가 염화미소(拈華微笑)로 대답할 차례이다.

아름다운 작별인사, 49재

49재(齋)

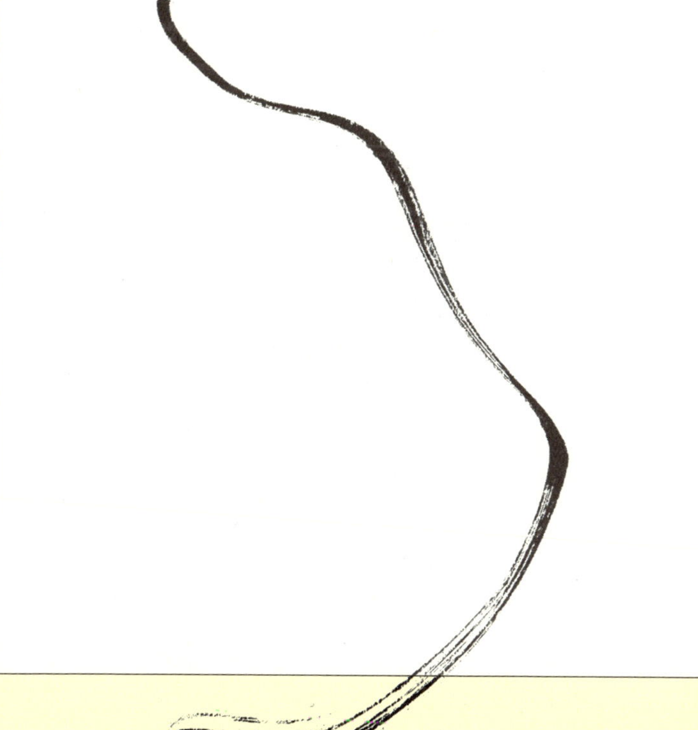

태어남은 어디서 왔으며 죽음이란 어디로 가는 것인가.
태어남은 한 조각 뜬구름이 일어남이요
죽음이란 한 조각 뜬구름이 사라짐이로다.
뜬구름 자체는 실체가 없으니
생사와 오고감도 역시 그러하도다.
한 물건만 홀로이 언제나 드러나니
맑고 맑아 생사를 따르지 않도다.

49재를 지내는 이의 마음가짐

요즘 들어 49재를 지내달라는 의뢰가 많다. 도시에 자리한 절에서야 49재를 지내는 일이 많지만 시골 절에서는 일 년에 두세 번 지내는 일도 드물다. 농촌사회는 유교적 전통이 남아 있어서 사람이 죽으면 일반적 제사의식에 따라 망자를 떠나보낸다. 절에서 49재를 지낼 때는 아주 억울하게 죽었거나 젊어서 죽은 영혼을 위해 마련하는 경우가 많다.

불교신자들이 흔히 잘못 쓰는 용어가 재(齋)이다. 천도재, 49재, 관음재일과 같은 재를 제사로 여기는 경우가 많다. 제(祭)는 인간과 신(神)을 연결하는 소통의 의식이다. 무당이나 제주가 망자와

산 사람 사이를 연결시켜주고 달래주는 의식이다.

그러나 재(齋)는 '삼가다'와 '부정을 피한다'는 의미가 포함되어 있어서 오계(五戒)를 지키고 수행을 하는 기간이라는 의미가 크다. 다시 말해 깨침의 법을 설하여 윤회의 사슬을 끊어 육도윤회를 벗어나 성불의 길로 인도한다는 의미를 담고 있다.

49재를 지낼 때는 지켜야 할 덕목이 여덟 가지가 있다.

첫째, 죽이려는 마음을 없애어 작은 미물일지라도 연민의 마음으로 대하여 해치지 않고 가엾게 여긴다.

둘째, 남에게 베풀 것을 생각하고 탐욕의 마음을 버린다.

셋째, 부부는 잠자리를 피하고 음탕한 마음을 없앤다.

넷째, 거짓과 속이는 마음을 멀리하고 거짓말을 하지 않는다.

다섯째, 정신을 산만하거나 어지럽게 하지 않고 술을 마시지 않는다.

여섯째, 향수나 화장품을 쓰지 않으며 노래하고 춤추는 행위를 하지 않는다.

일곱째, 교만한 마음이 일어나지 않도록 하며 화려한 침구나 높은 자리를 피한다.

여덟째, 때 아닌 때에 먹지 않아야 하며 탐닉하는 마음을 갖지 않는다.

일상적인 삶을 되돌아보고, 망자를 위해 수행하는 마음을 내며 남을 돕는 자세를 가지는 것이야말로 49재를 지내는 이의 마음가짐임을 가르쳐주고 있다.

죽음과 49재의 의미

49재를 지내기 위해서는 매장이나 화장을 마치고 영정을 절로 모시고 온다. 법당의 영단에 영정을 모시고 반혼재를 지낸다. 반혼재는 영혼을 절에 처음으로 모시는 의식이다. 이때 절 주지인 나는 상주들에게 사찰 예절과 49재의 의미를 자세하게 일러준다. 사랑하는 가족을 떠나보낸 슬픔이야 크겠지만 죽음을 제대로 인식시키는 게 중요하다 여기기에 빠트리지 않고 들려주는 이야기이다. 제대로 알고 행하는 것과 그렇지 않는 것은 하늘과 땅 차이만큼 큰 법이다.

"자동차가 수명이 다하거나 고장이 나면 운전수가 차를 버리고 나오듯이 몸의 기능이 다하면 마음의 주인이 밖으로 나온다. 그 상태를 중음신이라 하거나 영혼이라 한다. 죽으면 눈, 귀, 코, 혀, 피부, 뇌의 기능이 멈추어서 보는 의식과 듣는 의식, 냄새 맡는 의식, 맛을 보는 의식, 촉감을 느끼는 의식, 분별하는 의식들이 멈춘다. 태어나서부터 지금까지 확대되고 지속되어온 '나'라는 의식의 힘은

49재를 지내기 위해서는
매장이나 화장을 마치고 영정을 절로 모시고 온다.
법당의 영단에 영정을 모시고
반혼재를 지낸다.
반혼재는 영혼을 절에 처음으로 모시는 의식이다.

일반적인 사람이라면 49일 동안 서서히 사라진다. 이 자의식이 남아 있는 동안 절에 모시고 청하여 음식도 주고 무상법문도 해주고, 살아서 잘못된 행위들은 참회하여 소멸시키고, 재를 베풀어 복을 북돋아 준다. 자의식이 작용하는 이 시기에 무의식에 주는 변화가 가장 크기에 절에서 49재를 아주 중요하게 다루는 것이다."

깊은 슬픔 중에도 상주들은 나의 법문을 귀 담아 듣는다. 그런 마음들이 분명 죽은 이에게도 전달될 것이기에 49재는 의미 있는 의식이 되는 것이다.

49재에 얽힌
웃지 못할 에피소드

49재를 떠올릴 때마다 생각나는 사건이 하나 있다. 20여 년 전 마을의 한 가족이 할아버지 제삿날이라며 불쑥 찾아와 제사를 지내 달라고 했다.

"제사를 지내려면 음식 장만도 해야 하는데 이렇게 불쑥 찾아오면 어떡합니까?"라고 했더니, "제수 올릴 준비는 집에서 다 마련해 왔으니 염불만 해주십시오." 하는 것이었다.

가사 장삼을 걸치고 대웅전에 올라가 보니 영단에 이미 과일이며, 떡이며, 나물과 전이 잘 차려져 있었다. 그런데 자세히 보니 국은 바지락 탕국이요, 전은 생선과 고기전이 올라가 있었다. 마을 집에서 마련하는 제사상과 진배없이 준비해왔던 것이다.

그동안 큰절 중노릇 하다가 시골 바닷가 마을 절에 와서 보니 그 풍습이란 게 묘하기 그지 없었다. 물론 법식대로 정성스럽게 염불은 잘 해주었지만 어찌 가르쳐야 할지 답답했다.

차도 없던 시절인데다 시장을 봐와도 500미터 언덕 아래부터 지게로 날라 와야 하니 집에서 제사상을 차려왔던 모양이다. 게다가 음식 장만할 공양주도 따로 없는 형편이고 보니 준비해 오는 대로 영단에 올렸겠지만, 비릿한 제사상을 마주하고 보니 무척 난감했다. 지금이야 그런 풍경을 마주할 일은 없지만 20여 년 전만 해도 어렵지 않게 만나는 광경이었다.

점점 일반화되어 가는 49재의 확산

10여 년간 불사와 포교에 바삐 살다가 몇 해 전에 '주지에게도 휴가가 필요하지 않을까?' 하는 생각을 했다. 바쁘게 살아온 내게 휴가라는 이름으로 휴식의 시간을 주고 싶었다. 마냥 놀자는 것은 아니었고 한 달간 제방을 돌아보며, 수행 프로그램을 점검하는 여행을 해보기로 마음을 먹고 바랑을 챙겼다.

그런데 가까운 사람들이 49재를 해달라며 연달아 찾아왔다. 절집의 다른 일들은 여러 사람에게 분담을 하면 되는데 49재만큼은 대신 맡길 수 없었다. 더구나 나를 보고 찾아온 일이어서 차마 뿌리치질 못했다. 한 달 휴가는 떠나 보지도 못하고 주저앉은 것이다. 그때 나는 농담 삼아 "내가 한가한 줄 귀신들이 먼저 안다."며 푸념했던 기억이 난다.

노무현 전 대통령의 49재가 봉하마을뿐 아니라 서울 조계사를 비롯한 곳곳에서 다양한 형태로 진행됐다. 그에 앞서 천주교 김수환 추기경의 선종 이후에는 49재미사라는 용어로 천주교식 49재가 등장하기도 했다.

49재가 일반화되어 가는 것을 보면 마음이 흐뭇하다. 하지만 앞서 말한 진정한 재의 의미가 오롯이 담겨 있는지 한 번쯤 따져볼 필요는 있을 것 같다.

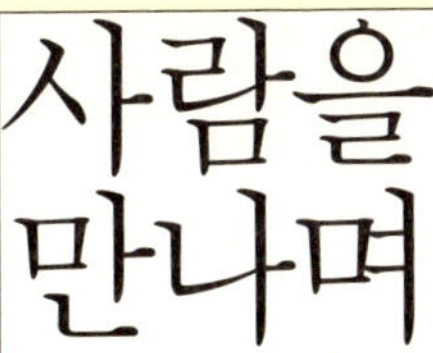

사람을 만나며 나를 만나는 길

마실 가기

『금강경』에 이런 대목이 나온다.

"한때 부처님께서 사위국(舍衛國) 기원정사(祇園精舍)에서 1,250명의 비구와 함께 머물고 계셨다. 그날 탁발할 시간이 되자 부처님께서 가사를 입은 뒤 발우를 들고 사위성 시내로 나가 한 집 한 집 다니며 먹을 것을 얻으셨다. 탁발을 마친 부처님께서는 사원으로 돌아와 공양을 하시고, 가사와 발우를 거두고 발을 씻은 후 자리를 펴고 앉으셨다."

경전에 의하면 석가모니 부처님께서는 아난 존자가 시봉을 하기 전 55세 되던 해까지 대중스님들과 함께 이와 같은 모습으로 탁발을 하며 세상 사람들을 만나셨다고 한다. 부처님에게 탁발은 단순히 공양을 빌어오는 행위가 아니라, 세상과 소통하는 의식이었다고 할 수 있다.

옛 스님들의 이야기를 들어보면 안거기간 한 철(3개월) 동안 공부를 하러 절에 들어가려면 석 달 동안 먹을 자기 양식을 탁발해 갔다고 한다. 그렇지 않으면 공부하러 선원에 들어갈 수 없었다고 한다. 이것은 큰 의미가 있다. 스님들이 마을에서 양식을 구하며 보내는 시간은 다른 한편으로 사람들의 고뇌를 직접 대하며 공부에 대한 발심을 하는 시간이었다고 할 수 있다. 안거를 위한 마음 준비의 시간이기도 했고, 안거에 들어 해야 할 것이 무엇인지 다시 한 번 되짚는 귀한 시간이기도 했다.

40여 년 전 어렸을 적만 하더라도 시골에서는 탁발하는 스님들을 종종 볼 수 있었다. 스님들이 찾아오시면 넉넉지 않은 살림에도 공양을 잘 차려 대접하고, 집안 이야기를 나누고, 가실 때에는 걸망에 쌀을 듬뿍 담아주시던 부모님의 모습이 생생하다. 지금 생각해보면 그 모습이 탁발의 진면목이 아니었나 싶다.

부처님 오신 날에 마실 가기

며칠 전 땅끝마을 지나 사구포의 어른들 네 분이 아침 일찍 찾아왔다.

"지난번 초파일 전에 우리 마을에 오셔서 집집마다 돌며 축원해주셔서 감사합니다. 우리 마을은 창녕 조씨 집성촌으로 옛날 미황사의 큰스님으로 계셨던 설봉 스님의 후손 마을입니다. 얼마나 큰스님인지는 잘은 모르지만 그때 당시 우리나라의 가장 큰스님이셨다는 이야기가 마을에 전해 내려오고 있습니다. 스님들이 마을에서 축원해주신 덕에 마을 사람들이 스님의 훌륭한 인품과 행적을 비로 제작하여 마을에다 세우자고 의논을 하였습니다. 마을에 세

40여 년 전 어렸을 적만 하더라도

시골에서는 탁발하는 스님들을 종종 볼 수 있었다.

스님들이 찾아오시면 넉넉지 않은 살림에도

공양을 잘 차려 대접하고,

집안 이야기를 나누고, 가실 때에는 걸망에 쌀을 듬뿍 담아주시던

부모님의 모습이 생생하다.

울 설봉 큰스님의 비문을 수정하여 주십시오."

뜻밖의 제안에 놀랍기도 했지만 고맙고 반갑기도 했다.

지난봄 색다른 초파일을 생각하며 기획한 일이 연등을 들고 마을로 직접 찾아가자는 것이었다. 부처님 오신 날 행사 준비를 하다 보면 전국 각 지역마다 시내에 연등을 내걸고, 화려한 연등축제를 열어 일반 시민과 함께 호흡하는 모습을 보곤 한다. 대단히 고무적인 일이다. 마치 고려시대 때 국가의 중요한 행사였던 연등회나 팔관회를 보는 것처럼 황홀하기까지 했다.

그러나 또 한편으로 아쉬운 점이 있었다. 부처님 오신 날이 가까워지면 집집마다 갖가지 모양의 등을 만들어 집에도 걸고, 절에도 가져와 걸었다는데 그런 아름다운 모습이 사라져버린 데서 오는 아쉬움이었다. 그러던 차에 절에서 준비한 등으로, 절에서 마련한 프로그램에 따라 부처님 오신 날을 맞이하는 지금의 초파일을 조금 바꾸어보면 어떨까 하는 데 생각이 미쳤던 것이다.

그렇게 해서 기획한 것이 연등을 들고 마을로 찾아가기였다. 미황사가 속해 있는 송지면에는 40여 개의 마을이 있다. 어느 동네를 선정할지가 문제였다. 결국 300여 년 전 미황사에 사셨고, 조선시대 열여섯 분의 대종사 중 한 분으로 추앙받던 설봉 스님이 태어나신 사구포 마을이 좋겠다는 데 의견이 모아졌다.

사구포 이장님을 만나 지금 시점에서 연등을 달려고 하는 의미와 시기, 방법에 대해 논의를 했더니 좋은 일이라며 흔쾌히 허락해 주었다. 마을 안에는 종교가 다른 이도 있으니 축원을 원하는 집을 신청받기로 합의를 했다.

축원으로 보낸 하루

마실 도는 날 아침, "이번 마실 돌기는 그 옛날 부처님과 스님들이 행하던 탁발과 같습니다. 다른 의미로는 마을 사람들과 소통하는 시간입니다. 시골마을 사람들의 집을 방문하며 공부하는 시간이라 여기시고 진실한 마음으로 주민들과 함께해주십시오." 함께 할 대중 스님들께 그리 부탁드리고 길을 나섰다.

큰 깃발을 앞세우고, 연등을 든 스님 여덟 명과 장구, 북을 앞세운 진법군고단(풍물패)이 뒤를 따랐다. 그 뒤를 마을 사람들과 신도들이 등을 들고 따라 나섰다. 화려한 행렬은 아니었으나 소박하면서도 의미 있는 행렬이었다.

축원을 부탁한 집에 가면 쌀에 초를 꽂아 불을 켜둔 곳에서 가족의 건강과 화목을 바라는 축원을 한다. 평소 절에서 하는 것보다 더 정성을 들여 온 마음으로 가정의 안녕을 빌어준다. 그리고 준비한 등을 처마에 달아주고 옆집으로 차례차례 찾아간다. 축원을 부탁한 스물여덟 집을 돌고 우물 두 곳에서 축원을 하니 날이 저물었다.

큰 깃발을 앞세우고,
연등을 든 스님 여덟 명과 장구, 북을 앞세운
진법군고단(풍물패)이 뒤를 따랐다.
그 뒤를 마을 사람들과 신도들이 등을 들고 따라 나섰다.
화려한 행렬은 아니었으나
소박하면서도 의미 있는 행렬이었다.

마을회관에 모여 절에서 준비한 밥과 마을 사람들이 준비한 반찬으로 다 같이 공양을 하고 이야기와 함께 준비한 공연을 했다.

속세의 한가운데에서 발심을 하다

가까운 마을에 이야기와 아름다움이 있다는 것을 모르고 살았던 일을 반성한다. 늘 찾아오면 맞이할 줄만 알았지 이렇게 틀을 깨고 직접 찾아가는 법도 있었다는 사실에 더없이 행복하다. 자연에 기대어 소박하게 살아가는 시골 사람들의 삶이 주는 진한 향기 또한 온 몸으로 느껴져 가슴이 뭉클해진다.

문득 20여 년 전 일이 생각난다. 무주에 살 때인데 광주에 나왔다가 막차를 놓치고 갈 곳이 없어 광주공원에서 하룻밤을 보낸 적이 있었다. 여름이라 공원에서 밤을 보내는 사람들이 많았다. 의자에 앉았으니 한 사람씩 다가와 자기 삶의 이야기를 주절주절 늘어놓더니 고맙다며 가는 것이 아닌가. 나는 그저 그들의 이야기를 들어주었을 뿐인데 마치 해결책이라도 가르쳐준 양 고마워했다. 그때 그들을 보며 내가 부족한 것이 무엇이며, 무얼 어떻게 채워야할지 크게 발심했던 기억이 난다. 이렇듯 수행자에게 정말 필요한 것은 사람들 속에서 나를 보는 것이다. 그때야 비로소 자신의 진면목이 고스란히 드러나기 마련이다.

하지만 아쉽게도 스님들은 일반 사람들의 생활을 에누리 없이 볼 기회가 거의 없다. 세상 사람들과 소통할 수 있었던 탁발은 없어지고, 산사는 관광지가 되어버렸다. 이제 절의 물적 토대는 신도가 아니라 관광객이 되어버린 것이다. 이것이 우리 불교의 현실이다.

그래서 더더욱 마을 사람들과 함께 소통하는 이런 행사가 다른 절에서도 많이 열렸으면 좋겠다.

회향과 나눔

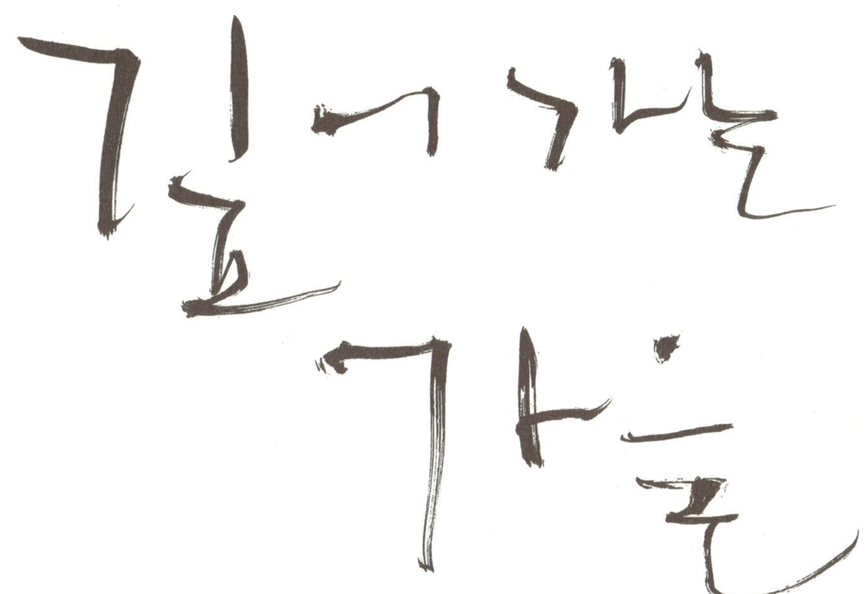
깊어가는
가을

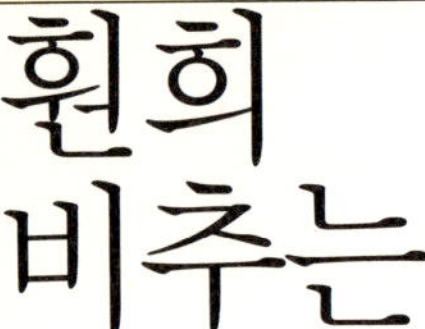

훤히 비추는

보름달을

꽃등 삼아

노을과 추석

9월, 그 이름만 들어도 가을바람이 솔솔 불어오는 것 같다. 이제야 좀 살 것 같다. 워낙 8월까지 바쁘게 지낸 터라 지나온 시간이 먼 이야기 속의 일처럼 아득하다. 시골 조그마한 절에서 한여름 두 달 동안 날마다 100여 명이 넘는 대중들과 지내며 전쟁을 치르듯 살았다. 한문학당이나 참선수행 프로그램 등을 만들어 진행하는 버거운 나날이다 보니 보통 힘든 일이 아니었다. 그래서 새롭게 찾아온 9월이 반갑다. 게으름을 좀 부려도 너그럽게 용서해줄 것 같다.

이렇게 가을이 찾아오면 내가 즐겨하는 일과가 있다. 저녁예불을 마치고 만하당(滿霞堂, 노을 가득한 집) 마루에 걸터앉아서 마냥 서쪽 하늘을 바라보는 것이다. 날마다 서쪽으로 지는 해이지만 초가을 날씨와 만나면 그 색이 참으로 곱다. 시간이 지날수록 빛과 구름이 만나서 살아있는 산수화 속 풍경을 만들어낸다. 구름 형상은 잠시도 멈추지 않고 천변만화의 모습들을 보여주기도 한다.

노을빛과 어둠이 교차하는 시간까지는 약 1시간. 해거름 녘 그 한 시간 동안 묵연히 서쪽 하늘을 바라보고 있으면 하늘 저편부터 하나둘 별들이 보이기 시작한다. 멀리 진도의 바닷가 마을에도, 작은 섬 상마도에도, 아랫마을 서정리에도 별빛들이 반짝인다.

미황사가 산중턱에 자리하고 있어 앞을 가로막는 게 없어 시야는 거칠 게 없다. 위로도 아래로도 별빛뿐이다. 허공중에 떠있는 뭇 행성들이 우주를 밝히는 별이듯 마을 가운데 불빛을 내걸고 빛을 내는 저 집들도 모두 다 별이다. 그 집에 깃들어 사는 사람 또한 마찬가지다. 머물렀으되 머무는 바 없이 각각의 빛을 발하며 움직이는 별, 살아있는 별이다.

어떤 스님이 운문 선사에게 물었다.

"나무가 마르고 잎이 다 떨어졌을 때는 어떻습니까?"

운문 선사는 말했다.

"몸체가 가을바람에 다 드러났느니라."

잎사귀를 떨어뜨려야 감추어져 있던 나무의 가지들을 볼 수 있다는 말로, 착각에서 깨어나라는 선구(禪句)다. 세상의 모든 것은 늘 드러나 있다. 거짓됨이 없이 있는 그대로의 모습을 볼 수 있어야 한다. 그리고 현재의 모습들을 인정해야 한다. 우리는 늘 내 입장 속에서 무엇을 보려 하지 않는가. 그것이 상(相)이고 그 상을 가을 나무가 잎사귀를 떨어뜨리듯 내다버릴 수 있어야 비로소 빛나는 별이 되는 것이다.

초가을에 느끼는 쓸쓸함, 한가함, 그리고…

대개 9월에 추석이 있다. 가을의 햇곡식과 햇과일들로 인한 풍성한

결실을 생각하면 뿌듯한 때이다. 하지만 초가을에 느끼는 한가함과 쓸쓸함은 내가 사는 곳이 절이기 때문일 듯하다. 추석날 아침 절집 마당은 텅 비어 있다. 그래서 쓸쓸하다. 하지만 그 빈 마당을 비집고 찾아든 따사로운 햇살 덕분에 쓸쓸함은 이내 한가함으로 바뀐다.

시골 절의 설날은 한 해의 시작을 절에서 맞이하려는 신도들로 부산하다. 반면 추석 풍경은 좀 다르다. 부모를 찾아 고향으로 내려온 자식들과 집에서 오붓하게 지내는 경우가 대부분이라 절은 그야말로 텅 빈 절간이 되고 만다. 게다가 절에 근무하는 직원들도 대부분 가까운 시골 마을에서 출퇴근을 하기 때문에 추석날 절에는 최소한의 인원만 남는다.

물론 절에서도 송편을 만들고 차례도 지낸다. 몇 해 전부터는 외국인들이 추석날 많이 찾아온다. 추석날 가족과 함께 지내는 것이 한국인의 일반적인 모습이다 보니 이방인에게는 명절날이 오히려 쓸쓸한 모양이다. 추석 연휴를 조용하고 의미 있게 보내기 위해 여기 저기 수소문하여 찾아낸 곳이 절일 터이다.

절을 찾아 추석을 지내는 이들을 위해 만든 프로그램이 추석 템플스테이다. 추석 전날 밤에는 송편을 빚으며 두런두런 차담을 나누고, 추석날 아침이 되면 솔잎을 뜯으러 간다는 핑계를 대며 부도전까지 산책을 가는 소박한 프로그램이다.

절에서도 일반 가정처럼 추석날 차례를 지낸다. 부처님께 불공을 올리고 조촐하게 영단에 상을 차려놓고 차례를 지낸다. 조상에게 제를 올리는 풍습은 늘 내가 나 혼자만의 독립적인 존재가 아님을 깨닫게 해주는 중요한 공부이다. '나'를 있게 하는 요소들이 무수하게 많음을 깨닫도록 해주는 시간이다.

수행의 길에서 가장 마음의 짐으로 남아 있는 부분이 부모님에 대한 부채(負債) 의식이다. 다른 인연들은 연락하지 않아도 서운하면 그뿐인데, 출가자에게도 부모에 대한 마음은 여여하지가 못하다.

얼마 전에 무등산 석불암이라는 산꼭대기 암자에서 19년째 살고 계시는 선배 스님 한 분을 만났다. 좋은 것을 보면 나누어 가질 누군가 떠오르고, 환희심 나는 공부를 하다보면 동행자를 만들어 앞서거니 뒤서거니 함께 나누고 싶은 게 인지상정이다.

그 스님은 공부하다가 문득 '어머니 한 분 구하지 못하고 누구를 구한단 말인가'란 생각에 구름처럼 자유로운 선객의 길을 접고 어머니와 18년간 공부하였는데, 지난 8년간은 거동도 못한 채로 누운 어머니와 공부를 하였단다. 선배 스님 어머니 이야기인데 내 어머니의 이야기인 듯 눈물이 나왔다.

우리 절 대웅전 뒤편 산자락을 돌면 소림굴이라는 조그마한 토굴이 있다. 20여 년을 많은 스님들이 공부하며 지나간 곳인데, 토굴

©박종선

나는 걷기를 좋아한다.
저녁예불을 마치고 마당을 세 번 돈다.
천천히 큰 원을 그리며 걷는다.
달빛과 별빛의 은은한 빛이 고즈넉함에 젖게 한다.

에서 살게 된 스님이 잠시 세상으로 나갔다 오겠다는 것이다. 20년 전 출가할 때 부모님 가슴에 박아놓은 대못이 내내 마음에 걸렸는데 부모님이 임종을 앞두었다는 연락을 받자 나가서 지내야겠다고 하는 것이다. 죄를 닦듯 마지막 시봉을 하며 임종을 지켜보겠다는 것이었다. 부모를 향한 마음, 부모가 자식을 향하는 마음에 경중의 무게가 세간과 출세간 사이에 따로 있겠는가.

이번 추석의 차례에는 나를 구성하고 있는 많은 요소 중에서, 먼저 가신 부모님들을 생각하며 차 한 잔 올려야겠다. 그리고 이렇게 깊은 다짐도 한 번 해보리라. '늘 가까운 곳부터 살피며 수행하겠습니다' 하고 말이다.

이번 추석엔 훤히 비추는 보름달을 꽃등 삼아 달마산에 올라보리라. 산 아래 펼쳐진 바다와 들과 강을 굽어보며, 거기 깃든 모든 별들의 생명을 위해 달맞이를 해보아야겠다.

절대적인 믿음으로 올리는 감사의 불공

괘불재

어느 산중이나 그렇지만 가을은 화려하다. 별빛은 날씨가 차가워질수록 밝아지고, 잡목이 많은 산일수록 그 빛깔이 곱다. 붉게 물들며 찬란하게 빛나는 가을산은 또 어떤가. 황홀경 그 자체이다. 유독 가을 산중에 마음을 빼앗기는 건 그 속에 깃든 사람들 또한 자연의 일부로 더없이 아름답기 때문일 것이다. 그래서 혼자 두고 보기 아까운 계절이 바로 산중의 가을이다.

2002년은 내가 은사 스님을 모시고 미황사에 짐을 부린 지 13년째가 되는 해였다. 절은 몇 달째 주인 없이 비어 있었고, 반듯한 전각이라곤 대웅보전과 응진당이 고작이었다.

절 주변의 무질서한 나무들을 골라 베어내니 양명한 햇살이 절 마당까지 안온하게 퍼졌다. 내친 김에 좁디좁은 절 마당을 넓히는 일에 손을 댔다. 미황사 불사는 필요에 따라 그렇게 천천히 진행되었다. 명부전, 삼성각 같은 전각과 승방, 공양간, 요사 같은 생활공간들이 들어서자 제법 사격을 갖춘 절로 탈바꿈하였다. 그렇게 미황사 불사가 일단락 되어가던 때가 월드컵 열기로 뜨겁던 2002년이었다.

가장 여법하게 불사를 마무리하기로 마음먹고 천일기도에 들어갔다. 기도 중인데 불현듯 이런 생각이 들었다.

'궁벽한 땅끝마을 절에서 해년마다 집을 한 채씩 짓는 일이 어디 쉬운 일인가. 또 집을 지으면서 사고 한 번 없었다는 것은 얼마나

신묘한 일인가. 고맙기 그지없는 일이다.'

그러다 문득 1992년 여름의 일이 생각이 났다. 그 해는 30년 만에 큰 가뭄이 들었다며 마을 사람들이 미황사 괘불 모시고 기우제를 지내 달라며 찾아온 것이다.

함 속에 모셔진 괘불탱화는 30년 전에 기우제를 지내다 큰비에 젖어서 배접부분이 떨어져 나갔고, 손만 대면 찢어질 지경으로 형편없이 보관되고 있었다. 괘불탱화를 모시고 기우제를 지내야 비가 온다며 막무가내로 우기는 사람들 등쌀에 못 이겨 마당 한가운데 포장을 깔고 눕혀놓은 채 기우제를 지내야만 했다.

이곳 사람들은 괘불 부처님에 대한 신앙심이 대단하다. 가뭄에 기우제를 지내면 반드시 비가 온다고 믿고, 펼쳐진 것을 한 번만 봐도 소원이 이루어지며, 세 번을 보면 극락세계에 간다는 등 그 믿음이 가히 절대적이다. 그런 믿음 때문이었을까. 기우제 뒤 어김없이 비가 나흘 동안이나 내려 가뭄이 말끔히 해소되었다.

미황사의 불사다운 첫 불사는 그림만 남은 괘불탱화를 배접하는 일이었다. 한 집 한 집 화주를 하여 높이 12미터, 폭 5미터나 되는 괘불 부처님을 보수하게 되었다.

천일기도를 하면서 생각해보니 가난하던 시절 정성스럽게 괘불탱화를 보수하고 모셨던 인연으로 아무 장애 없이 아름다운 절이 만들어진 것이 아닌가 하는 생각이 들었다.

괘불재의 주인공은
미황사를 터전 삼아 관계 맺은 사람들이다.
그 첫 번째 주인공은
평생을 정갈한 마음으로 찾아와 미황사를 가꾸어온
땅끝마을 신도님들이다.

'1년에 한 번이라도 햇볕도 쏘여드리고 감사의 불공을 드려야겠다.'

그렇게 해서 미황사 괘불재가 시작되었다. 두 해 앞서 시작한 '작은 음악회'에 기대 이상의 많은 사람들이 모이는 걸 본 터라 별 주저함 없이 괘불재를 시작할 수 있었던 것 같다.

괘불재는 함 속에 모셔진 괘불님을 모셔오는 것으로 시작하여 법회와 큰스님 법문, 음성공양(노래) 등 다양한 프로그램으로 진행을 한다. 회를 거듭할수록 의미 있는 내용들로 채우려 애쓰는 중이다.

자신의 성과물을 부처님 전에 올리는 '만물공양'

괘불재의 주인공은 미황사를 터전 삼아 관계 맺은 사람들이다. 그 첫 번째 주인공은 평생을 정갈한 마음으로 찾아와 미황사를 가꾼 땅끝마을 신도님들이다. 또 10년째 교육하고 있는 한문학당의 졸업생들과 그 가족들, 그리고 한해 5,000여 명의 템플스테이 참가자들, 지금껏 스물여덟 번의 수련회를 통해 배출된 참선수행자들이다. 그들 모두를 주인으로 모시는 자리가 바로 괘불재인 것이다.

괘불재의 꽃은 누가 뭐래도 '만물공양'이다. 이것은 1년 동안 자신이 서있는 자리에서 최선을 다했던 수많은 사람들이 자신의 성과물을 부처님 전에 올리고 함께 나누는 자리이다. 파도처럼 밀려오는 감동의 시간이 바로 이때이다.

미황사 아랫마을 서정분교는 전교생 5명으로 폐교 직전까지 갔던 학교이다. 그런데 선생님과 학부모들이 힘을 합쳐 살려내 50명이 넘는 학생들로 북적대는 자랑스러운 학교가 되었다. 2년 전 이 학교 선생님이 전교생 얼굴을 하나하나 연꽃으로 장식한 액자를 만들어 부처님 전에 공양 올렸는데 그때 눈물이 왈칵 쏟아질 뻔했다. 그 감동스러운 느낌을 비단 나만 받았겠는가.

저는 오랫동안 해남군청에서 근무하다 사무관으로 퇴임한 강양원입니다. 올해 회갑을 맞이하여 공직생활을 하던 중 틈틈이 읽었던 고전문학 중에서 꼭 읽어야 할 문장들을 가려 뽑아 『문·사·철의 고문(古文) 노트』라는 책을 발간하여 지인들에게 헌정하고, 오늘 부처님 전에 공양 올립니다. 이 책을 읽는 사람들이 언제나 즐겁고 행복한 삶을 살아갈 수 있기를 발원합니다. 하루하루 맑고 향기로운 삶을 살아가겠습니다.

저는 해남군 송지면 산정리에서 이불집을 하고 있는 김길화입니다. 평생을 미황사에 다닌 신도입니다. 앞으로도 살아있는 동안 오래도록 건강하게 미황사에 다니고 절을 할 수 있게 되기를 발원합니다. 제가 만든 목탁 받침대를 올리겠습니다.

저는 미황사 참사람의 향기를 통해 미황사와 인연을 맺은 안연태입니다. 미황사와 인연을 맺은 이후로 좋은 일이 많아졌습니다. 제가 발명한 롤테이프커터기가 실용등록 되었습니다. 제 발명품이 여러 사람에게 유용하게 쓰이기를 발원합니다. 커터기는 아직 제품화 되지 않아 실용등록출원서를 올립니다.

올 10월 25일에 열리는 괘불재는 20여 년간 도량을 가꾼 노력을 부처님께 통째로 올리는 중창불사 회향식을 하고자 한다. 지금껏 미황사 주지를 맡아오면서 많은 일을 겪었는데 내게 가장 귀한 보물은 무엇일까 잠시 생각해본다. 그리고 이번엔 나도 신도들 틈에 끼어 만물공양을 올리리라 마음 먹는다.

저는 미황사의 주지 금강입니다. 20여 년간 은사인 지운 스님과 회주인 현공 스님의 원력으로 완성된 대웅보전을 비롯한 20여 채의 건물불사와 대웅보전 단청문양 보고서 등 5권의 책과 한문학당 25회, 중학생문화학교 7회, 참사람의 향기 28회 동안 참가한 사람들의 명단을 올리며, 9년 된 경전읽기모임, 지난해 결성된 거사림회, 그리고 3,000여 세대의 신도명단을 올립니다. 미황사와 인연 있는 모든 분들 다함께 소원성취하기를 발원합니다.

우리네
마음에

달님
별님

사람님을

모시나이다 산사음악회

풍경 하나—
소리꾼 정기열 할아버지

"마을에서 그냥 소리하는 사람인디 미황사 금강 스님이 소리가 하도 좋다고 항께 여기까정 나와 부렀소. 소리 한 대목 하고 내려 갈라요."

옛부터 일러있고 여름이 가고 가을이 돌아오면
한로삭풍(寒露朔風) 요란해도 제 절개를 굽히지 않는
황국단풍(黃菊丹楓)도 어떠헌고….

정기열 할아버지는 미황사 전속 가수이다. 음악회 1회부터 한 번도 빼놓지 않고 무대에 올랐으며 초파일에 하는 어르신노래자랑에도 매년 찬조 출연하신다. 귀동냥으로 배운 가락에 나이 들어 본격적으로 판소리를 배우기 시작한 할아버지의 소리는 소박한 음악회 무대에 맞춤하다. 한 해 두 해 미황사의 음악회가 거듭되어질수록 소리가 좋아지더니 어느새 해남고을에 판소리 대표주자가 되셨다. 미황사에는 할아버지의 팬클럽이 만들어질 정도가 되었다.

풍경 둘 –
광수전자

광수전자 박광수 사장님은 읍내에서 오랫동안 전파사를 하는 신심 깊은 신도이다. 음악회는 음향과 조명이 생명인지라 처음에는 고민을 많이 했다. 마이크 없이 생음악을 그대로 듣는 것이 가장 좋은 방법인데 인원이 많다보니 생음악을 최대한 살리는 좋은 음향이 필요하게 되었다.

그러나 제대로 된 음향을 갖추려면 적잖은 돈이 드는 터라 비용을 아끼기 위해 광수전자를 찾아 상의를 했다. 노래방 기기에 가까운 스피커와 조명이랄 것도 없는 롱 핀 하나를 갖춘 소박한 음향기기로 만족해야 했다. 그러나 해를 거듭할수록 사장님은 장비를 늘리더니 실력까지 일취월장 하는 것이었다. 이제는 지역 축제가 많고 행사도 많아지면서 광수전자 없는 잔치는 생각할 수 없을 정도가 되었다.

풍경 셋 –
손에 손잡고 강강술래

강강술래와 해남 들노래가 지역의 대표적인 무형문화재임에도 무대 위에서 공연할 기회가 많지 않았다. 그러다 보니 지역민들도 우리 지역의 대표적인 민속놀이를 쉽게 접할 수 없었다. 거기에서 착안하여 강강술래 팀을 음악회 무대에 올리기로 하였다. 반응은 그야말로 뜨거웠다. 네 사람이 앞소리를 매기고, 수십 명이 씨 뿌리고 김을 매고 수확을 하는 들노래가 미황사 난장에서 펼쳐지니 산사는 금세 흥겨운 가을 들녘이 되었다. 거기에다 손에 손잡고, 소리꾼과 관객이 한데 어우러지는 강강술래 무대는 음악회를 뜨거운 절정의 순간으로 만들어버렸다. 어른 아이 할 것 없이 무엇에 홀린 듯 신명에 취한 모습은 가히 가을 단풍의 아름다움에 견줄 만큼 매혹적이었다. 지역의 음악을 발굴하고 발표하는 기회를 만들었다는 자부심을 내심 갖게 했다.

모두가 만들고 모두가 즐기는 작은 음악회

금산사에 살고 있는 일감 스님이 행사를 돕기 위해 찾아왔다가 절 아랫마을에서 마을 방송 하는 소리를 듣고 깜짝 놀란 모양이다. 절 행사에 참석하라고 마을 방송을 하는 곳이 다 있다며 신기해한다. 모든 마을이 행사 전에 두세 번씩 방송한다는 걸 안다면 어떤 표정을 지을까?

시골에는 청년들이 사오십대이다. 그들이 마을에서 일어나는 대소사를 도맡아서 한다. 절도 마을에 속해있으니 도와달라고 정중히 요청한다. 그리고 조상대대로 절의 주인은 지역민들이고, 앞으로도 후손들의 것이니 여러분이 주인이라며 떠넘기니(?) 초파일 등줄 치는 것부터 음악회 무대며, 피아노 옮기는 일까지 모두 그들 손에서 진행이 된다. 청년들의 부인들은 며칠 전부터 비빔밥 준비 재료를 다듬는 것부터 설거지 마무리까지 주인처럼 도맡아 한다.

2000년 11월 11일은 미황사 산사음악회가 시작된 날이다. 무슨 거창한 뜻에서 시작한 것은 아니고 가을 산사의 밤 풍광이 좋아 혼자 보기 아까워 벌인 일이었다. 절 주변 분들과 아는 지인들을 불러 남도 소리 한 대목 같이 듣고, 시회를 여는 자리를 만들자는 소박한 뜻에서 시작한 일이라고 할 수 있다.

그런데 이런 내 뜻을 아는 지인들이 소문을 내다보니 규모가 커졌다. 마당에 멍석 깔고 하려던 것이 무대를 만들어 그럴듯한 모양새를 갖춘 음악회가 된 것이다.

음악회를 준비하는 데 들어가는 예산은 홈페이지에 세세하게 공개한다. 작은 것이라도 공개하고 한 사람 한 사람이 손님이 아니라 주인으로 참석하는 자리로 만들고 싶기 때문이다. 준비부터 진행까지 모두가 만들고 모두가 즐기는 음악회라 할 수 있다.

©박종선

붉은 단풍과 청량한 바람,
밝은 달과 보석처럼 빛나는 별빛들
그리고 아름다운 사람들과의 만남의 자리가
산사음악회이다.

대중공양(2,000명)

밥 4가마 : 100만원

무김치 : 50만원

콩나물 : 40만원

고사리 : 50만원

이렇게 홈페이지에 올리면 앞 다퉈 공양에 참여하겠다는 문의가 들어온다.

햅쌀 8가마, 햅찹쌀 2가마 : 박동심(우근리)

무 30개 : 김상식(산정리)

고추장 10만원 : 담공거사(상도선원)

참기름 15병(50만원) : 이향연화(서울)

오이 10만원 : 윤영종(인천)

직접 농사짓는 신도는 쌀을 내놓고 미황사와 인연 있는 이들은 그들 나름의 방법을 찾아 도와주려 애쓴다. 간혹 서로 보시하겠다고 다투는 경우도 있다.

붉은 단풍과 청량한 바람, 밝은 달과 보석처럼 빛나는 별빛들 그리고 아름다운 사람들과의 만남의 자리가 산사음악회이다.

우리네 마음에 사람을 모시나이다.

우리네 마음에 향기로움을 모시나이다.

우리네 마음에 달님 별님 사람님을 모시나이다.

따뜻하고 순결한 마음 오롯이 하나로 모아

마음에 마음에 불 밝히니

저 달님에게서, 저 별님에게서, 저 사람님에게서

향기가 나네,

향기로운 꽃이 피어나네.

음악회 마지막 순서에 읊는 발원문처럼 깊어가는 이 가을 모두들 향기로운 꽃으로 피어나길 발원한다.

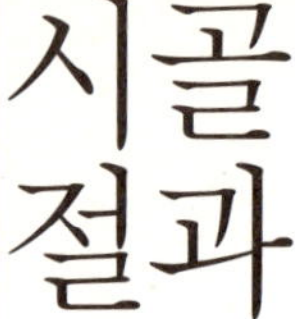

시골 절과 작은 학교의 아름다운 공생

작은 학교 살리기

2008년 봄에 피아니스트 노영심 씨한테서 연락이 왔다.

"스님, 제가 매년 5월 17일 날 연주를 하는데 올해는 미황사 작은 마당에서 하면 안 될까요?"

"아, 그래요? 정말 좋은 일입니다. 소나무로 지어진 자하루에서 피아노를 연주하고, 사람들은 대웅전 계단이나 응진당 처마 밑에서 저녁노을을 보며 은은하게 경내를 감싸고도는 피아노 선율을 듣는다면 참 멋진 풍경이 될 것 같습니다."

나는 흔쾌히 승낙하였다. 더구나 노영심 씨라면 최고의 연주를 해주리라 믿었기에 거부할 이유가 없었다.

그러면서 나는 한 가지 욕심을 내었다. 연주회의 주인공은 언제나 연주자이기 마련이나. 그러나 절에서 만큼은 그 통념을 바꾸고 싶었다. 묵묵한 달마산이나 단아한 대웅전, 나무와 새들 그리고 한가로이 도량을 거니는 사람들이 주인공이 되면 좋겠다는 바람이었다. 연주자는 멋진 풍경 속에서 선율을 들려주는 보조자 역할에 머물러 그 공간에 함께하는 모든 만물이 다 주인공으로 조화를 이루는 무대를 꿈꾸었던 것이다.

상상으로는 멋진 풍경이지만 실제로는 굉장히 부담스러운 퍼포먼스일 수도 있는 계획이었다. 내 뜻을 전해들은 노영심 씨가 전적으로 동의해주어 우리는 예정대로 연주회를 열었고 당시 공연을 가감 없이 녹음하여 음반 제작까지 할 수 있었다.

자연과 함께 하는 작은 학교를 살리기 위해

8년 전에 절 아랫마을 작은 학교인 서정분교가 학생 수 다섯 명으로 폐교 위기를 맞았다. 학생 수 따라 책걸상도 다섯 개뿐인, 한 교실에서 두 학년이 동시에 복식수업을 하는 그런 학교였다. 마음만 먹으면 선생님의 작은 차에 전교생이 모두 타고 야외수업을 편리하게 갈 수 있는 초미니 학교였다.

미황사를 지키는 수행자인 내가 폐교를 막아보자고 나선 건 학교가 없어지면 인근 동네는 미래를 장담할 수 없는 마을이 되기 십상이란 걸 알고 있었기 때문이다.

학부모들과 교육청을 설득하였다. 작은 학교지만 40여 년간 열심히 가꾸고 노력하여 많은 사람들이 공부를 하였던 곳이라는 점, 지역공동체의 구심점 역할을 해왔다는 점, 그리고 무엇보다 초등학교 시절에는 자연과 함께 하는 작은 학교가 아이들에게 무한한 상상력과 경험을 쌓게 해 평생의 자산이 되어준다는 점을 들어 함께 하자고 추동하였다.

몇몇 학부모들과 방과 후 학습을 알차게 꾸려 인근의 학생들을 유치하자는 데 뜻을 모았다. 그리고 음악, 미술, 생태체험 같은 프로그램을 만들어 학부모도 참여하고, 지역 일꾼들도 동참시켰다. 뒷짐 지고 있을 수 없어 나도 탁본과 다도를 가르치는 선생이 되었다.

멀리 읍내에서 40분 넘게 시내버스를 타고 통학하는 학생들이 생겨나기 시작했다. 뜻이 있는 곳에 길이 있다고 전학생은 점점 많아져 통학버스가 필요하게 되었다.

이번에도 가만히 있을 수 없었다. 그동안 모아놓은 큰스님들의 글씨와 지인들의 그림, 판화들을 몽땅 내놓았다. 학부모들도 집에 걸어놓은 그림들을 한 점씩 내어 놓으니 큰 전시회가 되어 일단의 수입금으로 폐차 직전의 버스를 한 대 구입하여 아이들이 학교를 다녔다. 그러는 사이 다섯 명의 작은 학교는 60명 남짓한 제법 규모 있는 학교의 모습을 되찾았다.

그런데 지난해부터 그 통학버스가 늘 위험스럽고 걱정이 되었다. 어린 생명들을 태우고 다니는 차이니 무엇보다 안전이 중요한데 낡은 버스는 언제나 위태위태했다. 대책을 세워야 하는 시점이 된 것이었다.

새 차를 사려면 기천만 원의 돈이 들어가는 일이라 엄두를 낼 수 없었지만 방법이 아주 없는 건 아니었다. 미황사에서 만든 노영심 씨 연주 음반 3천 장을 종자돈 삼아 애써 본다면 지금보다는 나은 중고차를 살 수 있지 않겠나 싶었다. 물론 아무런 대가없이 노영심 씨가 음반 3천 장을 내주었기에 계획한 일이었다.

절에 찾아오는 사람들에게 기와보다는 음반을 사라고 화주를 하였고, 노영심 씨도 개인 연주회 때마다 취지를 설명하며 음반을 팔

새 통학버스가 생긴다는 소식에
학부모들은 공모를 통해
'서정 구름이'라는 차 이름을 짓고,
전교생은 등굣길에 만나는 사물을 그려 차를 도색할 수 있도록
준비해주었다.

아 목돈을 보내왔다. 학부모들 역시 팔을 걷어붙이고 행사장마다 찾아다니며 음반을 팔았음은 물론이다. 여러 사람들이 십시일반 모으니 금방 2,500만원이라는 거금이 만들어졌다. 하지만 그 돈으로 좋은 중고 버스를 사기에는 턱없이 부족했다. 어떤 경로를 통해 차를 사야할 지도 막막했던 게 사실이다.

마침 그때 퍼뜩 떠오른 생각이 있었다. 강진 백련사 여연 스님께 차(茶)를 공부하는 금호고속의 사장님을 몇 번 만난 적이 있었는데 염치 불구하고 그분께 부탁해 보기로 하였다. 턱없이 부족한 돈이지만 우리 아이들을 생각해서 어떻게든 차 한 대 달라고 뻔뻔스러운 부탁을 했다. 아마 내 개인을 도와달라는 부탁이었다면 하지 못했을 것이다. 그렇게 하여 새 차나 다름없는 버스를 아이들에게 선물로 줄 수 있게 되었다.

아이들이 쏟아놓는 해맑음

새 통학버스가 생긴다는 소식에 학부모들은 공모를 통해 '서정 구름이'라는 차 이름을 짓고, 전교생은 등굣길에 만나는 사물을 그려 차를 도색할 수 있도록 준비해주었다.

나는 그것들을 가지고 서울의 디자인하는 친구에게 건네주며 앞으로 15년은 더 쓸 통학버스이니 잘 골라서 최고의 디자인을 해달라고 부탁했다. 서정분교에 통학버스가 한 대 오기까지 나는 참으로 여기저기 많은 빚을 졌다. 두고두고 갚아야 할 빚이다. 그래도 기분이 좋다. 새 차를 타고 아이들이 행복에 겨워 할 일을 생각하면 입가에 함박웃음이 피어난다. 내가 어린 친구들에게 그래도 무엇인가 해준 것이 있구나 싶어 기쁘다.

서정분교 아이들에게 미황사는 놀이터이고, 생태학습장이고, 학예발표회장이다. 아이들은 미황사가 있어 든든하고, 미황사는 아이들이 쏟아놓는 해맑음 덕분에 오늘을 산다. 그야말로 아름다운 공생이다.

세월의 흐름을 한 순간에 찍어 내다

탁본

미황사 부도전의 설봉 스님 부도 앞에 선다. 화려할 것 없는 소박한 부도, 손 내밀어 어루만져도 타박은커녕 빙그레 웃어줄 것같이 친근하다. 크기나 조각솜씨가 전하는 편안함은 아니다. 언뜻 보면 민화 같고, 다시 보면 선적인 담박함이 담겨있는 문양 때문이다. 욕심을 내어 탁본을 떠본다. 검은 돌꽃 한 송이 염화미소로 답한다. 검은 먹빛으로 피어난 꽃 한 송이, 고고한 수행자를 마주한 듯하다.

탁본은 순간이며 영원이다

지난여름 부산에 갤러리를 개관한 도반 스님이 탁본전을 열자며 연락을 해왔다. 주지 소임 10년 살면서 바쁘다는 핑계로 까마득히 잊고 산 탁본. 다락에 쌓아둔 작품들을 꺼내 먼지를 털어내자니 나와 탁본의 인연도 예사로운 것은 아니구나 하는 생각이 들었다.

탁본과의 인연은 1996년으로 거슬러 올라간다. 그동안 서울에서 중앙승가대학을 다니면서 학보사 일하랴 종단개혁 일하랴 나는 지칠 대로 지치고 말았다. 그때 대학을 가기 전에 잠시 짐을 풀었던 미황사가 생각났고 지친 몸을 추스를 겸 낙향을 결심하였다.

미황사에는 스님들의 사리를 모셔놓은 부도탑과 조선시대의 설봉 대사를 비롯한 벽하, 연담 대사 등 큰 선지식들의 비문이 모셔져 있다. 처음 미황사에 살 땐 그런 것들이 얼마나 가치 있는지 알지 못했다. 그런데 서울 사는 동안 문화에 대한 안목이 조금 생긴 뒤라 예사로 보이지 않기 시작했던 것이다.

미황사는 조선시대의 서산 대사와 인연이 있는 절이다. 스님은 묘향산 원적암에서 열반에 들면서 손자 상좌인 편양 언기 선사에게 의발을 전하며 삼재불입지처(三災不入之處)인 해남의 대흥사로 가라고 했다. 직계 제자인 소요 태능 스님이 편양 스님을 보호하며 대흥사에 법을 펼 수 있도록 마련하여 주었다. 그리고 본인은 대흥사에서 가까운 미황사로 자리를 옮겨 그 법맥을 이었다. 따라서 서산 대사가 직접 살았던 절은 아니지만 그의 법맥만큼은 미황사에서 대대로 이어져왔다고 할 수 있겠다.

미황사에 짐을 풀고 나니 무엇으로라도 밥값은 해야겠다는 생각이 들었다. 그때 눈에 들어온 것이 부도탑과 비문이었다. 비바람에 마모되어 원형을 잃어가는 것들을 보전할 방법이 없을까 궁리하다 생각해낸 것이 탁본이었다. 탁본에 문외한인데다 혼자 하기엔 엄두가 나지 않는 것도 사실이었다. 그러던 차에 절에 의탁하고자 찾아온 처사가 마침 탁본을 해보았다 하여 그날로 함께 부도전의 탁본을 시작하였다.

처음에는 미황사의 자료를 정리하는 측면에서 시작하였지만 하다 보니 재미가 붙기 시작했다. 게다가 탁본은 묘한 매력이 있어서, 세월을 한 순간에 찍어낸다 생각하면 전율이 느껴지곤 했다. 부처님의 성물을 대한다는 환희심도 컸으며 일생 수행과 보살도를 행하다 열반에 드신 스님들의 부도를 대할 때면 신심이 절로 났다. 시공을 초월하여 그분들과 대화 하는듯한 착각에 빠질 때도 있었다.

요즘 스님들은 노래를 부르거나 시를 쓰거나 그림을 그리는 등 자신의 재주를 살려 취미생활을 하고, 포교를 위한 방편으로 사용하기도 한다. 그에 반해 탁본이라는 취미는 항상 나를 옛 스님들과 대화하게 하고, 신심을 북돋아주기 때문에 은근히 자부심을 갖기도 했다.

하지만 탁본이란 그저 좋아서 하는 취미만으로는 오랫동안 계속하지 못한다. 약간의 사명이 있어야 계속 할 수 있는 작업이다. 탁본을 하고 몇 년 지나서 다시 찾아가 보면 본래 모습을 잃고 초라해져 있는 경우가 가끔 있다. 원인은 산성비 때문이었다. 시간이 지날수록 산성비의 폐해가 커질 거라 생각하니 마음이 급해졌다. 또 화재나 도난에 노출된 문화재들이 많아서 탁본하고자 마음을 내었을 때 계속 해야겠다는 사명감에 몇 년을 미친 듯이 매달리기도 했다.

미황사에 짐을 풀고 나니
무엇으로라도 밥값은 해야겠다는 생각이 들었다.
그때 눈에 들어온 것이 부도탑과 비문이었다.

비바람에 마모되어 원형을 잃어가는 것들을
보전할 방법이 없을까 궁리하다 생각해낸 것이 탁본이었다.

큰 것부터 작은 것까지
꼼꼼하게
들여다보는 심안(心眼)

탁본을 할 때는 한지와 솜방망이, 먹물과 물 스프레이, 청테이프, 옷솔, 줄자, 신문지들이 필요하다. 처음에는 탁본하기 좋은 종이를 찾아 한지 공장이나 지업사를 찾아다니거나 케케묵은 옛 한지들을 구하기 위해 이곳저곳 기웃거리기도 하였다.

탁본하기에 앞서 한 분 한 분의 부도에 맑은 차를 달여 올리고 삼배를 올린다. 묵은 먼지와 이끼를 걷어내는 일은 목욕을 시켜드리듯 정성을 다해야 한다.

줄자로 문양의 크기를 가늠하여 한지를 재단하고, 그 한지를 청테이프로 고정하여 움직이지 않도록 한다. 스프레이로 고르게 물을 뿌리며 옷솔로 조심스럽게 두드린다.

비문은 음각이 되어있고 홈이 일정하여 탁본하기가 쉬운데, 부도의 조각은 양각인데다 그 깊이가 일정하지 않아 자칫하면 찢어지고 만다. 다행히 잘 밀착되게 한지를 붙였으면 물기가 마르기를 기다린다. 잠시 멈추고 기다려야 한다.

이 기다리는 시간도 많은 생각을 하게 하는 시간이다. 그 옛날 부도를 조성하는 사람들의 마음이며 돌을 다듬은 조각가의 마음이 고스란히 전해져 온다. 그리고 천 년 전에 조각되어진 문양에서부터 적어도 200년 이상 된 조각 속에 깃든 진중한 시간의 무게를 느끼곤 한다.

붙여놓은 한지에 물이 90퍼센트 정도로 마를 즈음에 솜방망이에 먹물을 찍어, 농도를 낮게 하기 위해 또 다른 솜방망이나 신문지에 찍어본다. 나는 까맣고 진한 오금탁보다는 매미허물처럼 얇게 찍어내는 선시탁을 주로 한다. 가장자리부터 조심스럽게 연하게 찍어서 가운데로 천천히 전체적인 농도를 맞추어나간다. 그런 다음 순식간에 떼어 햇볕에 말린다. 조금이라도 늦으면 부도 표면에 스며들어 있는 물기가 번짐 작용을 하기 때문이다.

탁본을 직접하고 나면 섬세한 눈을 갖게 된다. 절집에는 지붕의 기와나 법당의 종이나 마당의 탑이나 석등에 그리고 스님들의 탑이나 비문 등 곳곳에 조각되어진 문양들이 많다. 조각들의 소재도 다양하다. 불보살의 모습에서부터, 사천왕상, 팔부신중상, 연꽃, 물고기, 거북, 설화에 나오는 방아 찧는 토끼 등 그 문양이 참으로 다양하다. 손톱만한 돌 위에 피어난 여덟 잎 연꽃까지 허투루 보는 법이 없어진다. 온몸의 감각들이 큰 것부터 작은 것까지 꼼꼼하게 들여다보는 심안을 갖게 해준다.

이제는 직접 탁본에 나서기보다 그 재주를 한문학당이나 템플스테이 교육용으로 쓰고 있다. 탁본은 아이들에게 인기가 최고 좋다. 여름 한문학당에는 한문만으로 아이들에게 흥미를 끌 수 없으니 절집의 문화를 체험할 수 있도록 여러 가지 프로그램을 마련하는데 아이들은 단연 탁본 뜨기를 좋아한다.

탁본은 아이들에게도 세밀한 눈을 갖게 해 준다. 대웅전 처마 막새기와의 귀면에 관심을 보이고, 주초석의 거북이가 몇 마리인지 세는 아이들을 보면 그저 흐뭇하다. 제대로 회향하는 것 같아 만족스럽다.

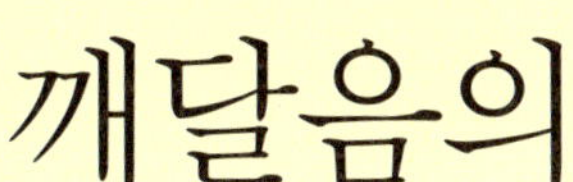

깨달음의 길을 걷다

걷기수행(포행) 1

1,260년 전 가을날 땅끝마을에 돌로 만든 배 한 척이 도착한다. 그 배를 타고 온 검은 소를 앞세우고, 금함(金函)에 가득 들어있던 불상과 경전을 머리와 등허리에 지고 땅끝에 사는 마을 사람 100여 명이 인연의 땅을 찾아 나선다. 바닷길을 돌고 마을길을 건너 숲 울창한 나무 사이 길을 평화롭게 걷는다. 걷고 걷기를 한나절 남짓하니 빙 둘러선 바위가 읍소하듯 늘어선 신성한 땅에 당도한다. 미황사의 역사는 그렇게 시작되었다. 평화로운 걸음의 끝 지점에서 미황사는 장대한 역사의 시작을 알렸다.

5년 전쯤 그 길을 거슬러 땅끝까지 가는 길을 찾아냈다. 다섯 시간을 열심히 걸으면 더 나아갈 수 없는 땅끝마을을 만날 수 있다. 그 길은 미황사 창건에 얽힌 옛 이야기가 물씬 풍기는 곳이다. 수많은 스님들이 암자에서 암자로 이어진 길을 찾아 나섰으며, 마을사람들이 새해 첫날 새벽에 정성을 담아 안고 부처님을 향해 걸었던 길도 그 길이었다.

대웅전 오른편 요사채를 지나 부도전 가는 길로 접어들면 동백나무 빼곡한 숲을 만난다. 11월에 피기 시작한 동백꽃이 이듬해 3월까지 피를 토하듯 붉게 물드는 숲이다.

차나무가 제법 자란 언덕길을 오르면 솔 향이 물씬 풍기는 소나무 숲과 시원한 바다풍경을 만난다. 남쪽 산에서는 작게 자라던 잡목들이 온난화 영향으로 앞 다퉈 자라다 보니 소나무를 위협하기까지 한다. 그러다보니 자꾸 사라지는 솔수펑이를 보호하기 위해 매년 잡목들을 제거해야 한다.

이곳을 지날 때면 솔숲 사이로 참선 좌대를 몇 개 만들어 한가로이 앉아 쉬거나 명상을 하도록 의자를 마련해 두어야겠다 마음먹는다.

원효 스님의 글에 '벽송심곡(碧松深谷)은 행자소서(行者所棲)'라는 말이 있다. '푸른 소나무 깊은 골짜기는 수행자가 거처할 곳'이라는 뜻이다. 소나무와 수행자는 곧으면서도 넉넉한 성정이 닮은꼴이라서 쌍둥이처럼 잘 어울린다. 그래서일까? 맑은 수행자가 많은 도량 주변에 그 수행자를 닮은 고고한 소나무가 많은 것은.

멀리 어란 포구가 손에 잡힐 듯 펼쳐져 있다. 임진왜란 때 어란이라는 여인의 전설이 깃든 곳이다. 또 시인 황지우가 탯줄을 묻었던 동네여서인지 별난 것 없는 포구이나 퍽 서정적인 느낌이 드는 바다이다. 더 멀리 눈을 돌리니 호수 같은 진도 앞바다와 관매도의 해안선이 수평선과 어우러진다. 저기 까무룩 지는 노을 한 자락 펼쳐진다면 그보다 더한 절창은 없겠다 싶은 설레는 바다이다.

꿈의 산책로,
'다르마 로드(Dharma Road)'

거기서 조금 시야가 넓어지는 숲길을 걷다보면 산속에서 만나는 보물인 듯 반가운 부도전이 나온다. 부도전은 300여 년 전 미황사에 사시던 스님들의 사리를 모셔 놓은 곳이다. 소박하고 작은 부도들. 방아 찧는 토기, 다리 꼬고 있는 오리, 물고기를 쫓아가는 게, 지붕에 올라간 다람쥐, 사리병 모양속의 연꽃 등 부도에 돋음새김된 문양들은 하나같이 친근한 것들이다.

남부도전에는 스님들의 부도와 탑비가 26구, 서부도전에는 부도만 6구가 모셔져 있다. 한적한 가을날에 숲길을 걷다가 옛 스님들과 두런두런 법담을 나누고, 마음속에 담아둔 이야기도 들려주고, 깨달음의 지혜도 빌릴 수 있는 곳이다. 세상 어디에 이런 깨달음의 길이 있겠는가.

여기서부터는 한 사람만 걸을 수 있는 조붓한 오솔길이 시작된다. 낙엽이 푹신한 솜처럼 부드럽다. 따가운 가을 햇살도 반쯤 가려진 고즈넉한 숲길, 아기 손처럼 작고 붉은 단풍잎들이 곳곳에서 유혹한다. 구지뽕, 다래, 어름, 개금 같은 가을 산열매도 많다. 길을 걷다가 목이 마르면 산초 잎을 따서 입에 물고 가는 것도 멋스러운 일이다.

한참 동안 하늘이 보이지 않는 숲길을 걷다보면 문득 환한 세상이 낯설게 다가온다. 산길 중간지점에 큰 바위 너덜경이 나온다. 아마 산의 큰 바위가 그 옛날 벼락을 맞아 바위들이 부서져 내린듯하다. 바위 밑에 귀를 대면 졸졸졸 물 흐르는 소리가 들린다. 이 바위

대웅전 오른편 요사채를 지나
부도전 가는 길로 접어들면 동백나무 빼곡한 숲을 만난다.
11월에 피기 시작한 동백꽃이
이듬해 3월까지 피를 토하듯 붉게 물드는 숲이다.

너덜겅에서 사람들에게 참선을 시킨다. 좌선대처럼 여기저기 자리 잡고 앉을 수 있는 너른 바위 덕분에 참선하기엔 맞춤한 곳이다.

절에서 천천히 한 시간 남짓 걷다보면 만나는 곳이어서 숲길 걷기의 1차 반환점이기도 하다. '참사람의 향기' 때에는 이곳까지 장호흡을 하고 천천히 걷다가 바위에 앉아서 20여 분 참선을 한 다음 절로 돌아간다. 템플스테이를 오거나 수행하러 온 사람들은 이곳까지 아침 산책을 하러 온다.

나는 이곳까지를 '마음수행의 길'이라 부르고 '다르마 로드(Dharma Road)'라고 명명하였다. 도심에서 살다가 미황사에 템플스테이를 와서 이곳까지 한번 걸었던 사람들은 내게 이렇게 말한다.

"스님, 집에 돌아가 지내다 보면 미황사 생각이 나고, 뒤이어 너덜겅까지 걸었던 기억이 자꾸 나요. 그러다보면 그 날 밤 꿈속에서 그 길을 걷는다니까요."

그래서 사람들은 '꿈의 산책로'라 부르길 주저하지 않는다.

숲길에서 만난 별천지 하늘 세상

40여 년 전 조림한 측백나무들이 하늘을 향해 쭉쭉 뻗은 길을 지나 바위계곡을 올라서면 '별유천지비인간(別有天地非人間, 인간이

사는 세상이 아닌 신선이 사는 세계)'이라는 이백의 시가 절로 나온다.

빙 둘러 완도와 보길도와 진도가 둘러진 남해와 서해의 풍광이 한눈에 들어온다. 부처님이 이 세상에 오기 전 도솔천이라는 하늘 세계에 계시다가 내려오셨다는 그 도솔이 바로 이곳이다. 이름 한 번 가감 없이 제대로 지었다 싶게 여겨지는 별천지 하늘 세상이 펼쳐져 있다.

산길을 가다가 만나는 암자나 부처님은 반갑기 그지없다. 고려 때 백운 화상이 기암괴석의 두 바위틈을 돌로 채워서 만든 한 평 남짓한 땅에 암자를 짓고 살았다. 이름하여 도솔암이다. 신기하게도 암자 밑 바위틈 용담굴에 혼자 머을 수 있는 샘물이 있어 지금도 식수로 사용하며 스님 한 분이 기도하며 살고 있다. 다시 산길과 임도를 따라 내려와 약수터에서 물을 먹고는 마을길과 저수지 길을 따라 걷는다.

마을길은 그 곳 사람들의 삶을 마음으로 느낄 수 있는 풍경들을 마련해 놓았다. 마당에 널어놓은 붉은 고추와 자그마한 꽃밭, 텃밭에 심어진 배추와 시금치, 그리고 밭둑에 노랗게 익은 호박, 주렁주렁 매달린 감들, 그리고 문 앞까지 나와서 짖는 개들조차 정겹기 이를 데 없다.

도솔, 하늘 세상이 우러러볼 수 있어서만 도솔이겠는가. 인간사

희로애락 그 안에 도(道)와 깨달음과 꿈꾸는 하늘 세상이 있는 것 아니겠는가. 풀과 나무가 더불어 어우러진 숲을 걷는 그 길 위에 도솔이 있지 않겠는가.

나는 오늘도 미황사를 찾는 이들과 함께 도솔을 열망한다.

꿈의 산책로를 걷다

걷기 수행(포행) 2

땅끝. 땅의 끝이라. 사람들에게 땅끝은 무엇일까? 더 이상 나아갈 수 없는 지점에서 어찌해볼 수 없는 쓰디쓴 절망을 맛볼까? 그 막막한 끝에 서면 도리어 삶에 대한 강한 욕망이 꿈틀거릴까? 그도 아니면 '한 발 내딛어보자.' 땅끝과 배짱 좋게 대면하는 이도 있지 않을까? 땅끝과 마주한 사람들의 마음은 저 생긴 대로 제각각이겠으나 '땅끝'이 주는 말맛이 예사롭지 않는 이상 '땅끝'은 간단한 이름의 땅이 아닌 것은 분명하다.

이즈음 시작을 도모하는 이들이 찾아와 도보여행의 첫 깃발을 꽂는 곳이 여기 땅끝이다. 그들에게 땅끝은 땅이 시작되는 첫 지점인 것이다. 하지만 아쉽게도 그들은 한 자도 되지 않는 콘크리트길을 위험하게 걷는다. 매연을 내뿜는 자동차 뒤꽁무니를 따라 위태로운 시작을 하는 것이다. 설렘, 멋스러움과 거리가 먼 여행길을 걷는 것이 안타깝다.

절망이 희망으로 바뀌는 낭만 가득한 멋진 순례

땅끝마을 바닷가 길 ─ 땅끝탑 ─ 사자봉 ─ 송호리 바닷가 길 ─ 송종리 바닷가 길 ─ 저수지 길 ─ 마련마을 길 ─ 약수터 ─ 조림지역 ─ 도솔암 가는 길 ─ 측백나무길 ─ 오솔길 ─ 큰바위 너덜지대 ─ 오솔길 – 바위 너덜지대 2 – 오솔길 – 바위 너덜지대 1 – 오솔길 – 서부도전 – 남부도전 – 소나무 숲 – 동백 숲 – 미황사

그들에게 기꺼이 우리가 복원한 땅끝에서 미황사까지의 옛 길을 내어주고 싶다. 땅끝 사자봉에서 출발해 다섯 시간 남짓 걸어와 쉴 곳을 찾을 때 조건 없이 미황사에 머물다 갔으면 좋겠다. 그리하여 그들의 시작이 아름다웠으면 좋겠다. 그들의 절망이 희망으로 바뀌었으면 좋겠다. 또한 그들의 여행이 낭만 가득한 멋진 순례였으면 좋겠다.

지난해 전국의 템플스테이 운영자들이 미황사의 템플스테이를 경험하기 위해서 2박 3일간 우리 절을 방문한 적이 있다. 그들은 일정을 마치고 가면서 '자신감을 얻었다'고 말했다. 미황사보다 훌륭한 산을 배경으로 하고 있는 절들이 많고, 미황사보다 더 가까이 바다가 있는 절들도 많다.

멋진 자연환경 속에 자리한 절은 현대인에게 더없이 좋은 자원이다. 이런 주변 자연을 이용해 몸과 마음을 치유하는 프로그램을 운영한다면 현대인에게 다시없는 안식처가 되어 줄 것이다. 템플스테이 운영자들이 시야를 넓혀 자신의 절이 가지고 있는 장점을 찾는다면 지금보다 훨씬 다양한 프로그램으로 절을 찾는 이들을 만날 수 있을 것이다.

땅끝과 마주한 사람들의 마음은
저 생긴 대로 제각각이겠으나
'땅끝'이 주는 말맛이 예사롭지 않는 이상
'땅끝'은 간단한 이름의 땅이
아닌 것은 분명하다.

자연 속에서 느끼는 몸과 마음의 정화

한 달에 한 번 7박 8일씩 여는 '참사람의 향기' 때에는 첫 날 두 시간씩 두 번 큰바위 너덜지대까지 걷는다. 이때 장호흡을 하면서 걷는데, 장호흡은 몸과 마음을 짧은 시간에 정화하는 데 아주 좋은 방법이다.

장호흡은 코로 아랫배까지 깊숙이 그리고 자연스럽게 들이마셨다가, 들숨보다 두 배로 천천히 입으로 내쉬는 호흡을 말한다. 이때 들숨에는 맑고 청량한 기운을 몸 가득 받아들이고, 날숨에는 몸속에 쌓아둔 악취와 마음속에 얽혀있는 감정의 찌꺼기들을 밖으로 완전히 뱉어야 한다. 이렇게 호흡을 하며 걸으면 몸과 마음이 가벼워진다. 또 좌선할 때 앉아서 호흡을 하면 가슴이 뻥 뚫어지고 깊어진다. 허리가 펴지고 다리가 튼튼해지는 건 덤으로 얻는 효과이다. 이 숲길은 참사람의 향기 때 장호흡하기 위해 일부러 마련한 장소마냥 안성맞춤인 곳이다. 창건 이래 달마산을 터전 삼아 사셨던 스님들의 은덕이 아닌가 싶다.

한문학당 때에도 달마산 숲길은 참 요긴하게 쓰인다. 아이들과 발우그릇에 물을 채워서 부도전까지 조심스럽게 들고 걷기를 한다. 묵언을 하고 물그릇에 정성스러운 마음을 담아서 두 손으로 받쳐 들고 천천히 걷는다. 그런 뒤 각각 자기 마음에 드는 부도 앞에

청수를 올리듯 물그릇을 올리고 합장한다. 자신의 소원과 가족의 소원, 나라의 소원, 세계의 소원 한 가지씩을 떠올리게 한다. 나아가 전 세계 아이들이 전쟁의 고통에서 벗어나기를, 질병의 고통에서 벗어나기를, 굶주림의 고통에서 벗어나기를 합송한다.

"옴 아모카 살바다라 사다야 사바하."

소원을 이루어주는 진언을 세 번 외운 다음 부도에 반을 비우고 반은 자신이 먹도록 한다. 이러한 프로그램은 동적인 아이들이 잠시라도 정적인 체험을 통해 몸과 마음이 고요해질 수 있어서 좋다. 한없이 진지한 아이들을 보면 숙연한 마음이 들기도 한다. 또 나, 내 가족의 범주에서 크게 벗어나지 않는 생각에 머물러 있는 아이들이 이때만이라도 자신과 세계가 연관된 생명 유기체임을 느꼈으면 하는 바람을 가져보기도 한다.

지난여름(2009년)에는 한문학당을 개설한 지 10년째여서 졸업생들을 절로 초대했다. 함께 이 길을 걷고 싶었다. 200여 명이 참여해 '미황사 천년역사길 걷기'라는 이름으로 이 숲길을 걸었다. 자연을 온 가슴으로 느껴본 아이들은 세상에 나가서도 잘 산다는 게 내 생각이다. 짧은 경험에 불과하겠지만 행사를 준비한 나는 우리 절과 인연 맺은 모든 아이들이 잘 살아가기를 바라는 마음이었다.

이 발걸음이 누군가의 길이 된다

나는 걷기를 좋아한다. 저녁예불을 마치고 마당을 세 바퀴 돈다. 천천히 큰 원을 그리며 걷는다. 여름에는 황금빛 저녁노을이 마당에 한 가득이다. 그 황홀한 풍경에 빠져 걷는 걸 잊을 때도 있지만 저녁노을과 온전히 하나가 되는 내가 참 좋다. 그때만큼은 나도, 미황사도, 달마산도, 저녁노을도 그 경계가 없다. 온전히 하나일 뿐이다.

겨울에 마당을 걷는 것도 운치가 있다. 달빛과 별빛의 은은한 빛이 고즈넉함에 젖게 한다. 겸손하게 살자, 까닭 없이 찾아든 생각을 하게 하는 때가 겨울 그즈음이다.

내가 딛는 이 발걸음이 뒤따르는 누군가의 길이 된다고 했던가. 걸음걸음 한 걸음 조심하게 내디딜 일이다.

낮은 곳에서 깊어지리라

금강 스님을 말한다

글. 법인 스님
(대한불교조계종 교육원 교육부장)

세상 속으로 내려오는 햇볕이 더없이 시리고 투명하다. 푸르른 동백잎, 호젓한 오솔길, 시골집 툇마루, 땅끝마을 보리밭, 지상에 골고루 몸을 나투어 세상의 몸이 된 햇볕은 이렇게 말한다.

"나는 새로운 이름을 얻었어요. '동백꽃잎에 반짝이는 햇볕' '사람들의 신발코에서 길을 인도하는 햇볕' '고향집에 찾아온 사람들의 무릎 위를 덮어주는 햇볕' '청보리 뿌리 속에서 숨 쉬는 햇볕' '시골 농부들의 골 깊은 손등과 이마에 깃드는 햇볕', 이렇게 무수한 이름을 얻었어요. 그러면서 나는 새삼스러울 것 없는 사실을 새삼 깨달았어요. 나의 이름은 세상의 무수한 존재들과 관계 맺으면서 탄생한다는 것을, 나는 그렇게 존재하고 그렇게 살아가고 있다는 사실을. 확연한 사실이 되었을 때, 사실은 신리가 되더군요."

이제 금강 스님을 말해야겠다. 사람에 대하여 말한다는 것은 가능한 일이고 가당한 일인가? 내 지근거리에 있는 사람들은 말하리라. 20년을 더불어 살아오면서 동상이몽(同床異夢)이 아닌 동몽이상(同夢異床)의 삶을 살아왔으니 누구보다도 금강 스님을 잘 알 것이 아니냐고…. 그렇게 말한다면 나는 금강 스님에 대해 7박 8일 쉬지 않고도 말 할 수 있다. 그러나 어느 사람에 대하여 많이 안다는 것과 잘 안다는 것, 그것은 엄연 다르다. '천길 물속은 알아도 한 치 사람 마음은 모른다'는 불신과 모호의 차원에서가 아니다. 무엇에 대해 '잘 안다' 것은 어려운 일이고 불가능한 일이다. 그러므로 나는 '잘 안다'는 전제를 폐기하고 내가 알고 있는 만큼의 금강 스님을 말하고자 한다. 그와 함께 해온 일들을 전하는 것으로 말이다.

금강 스님은 해남 미황사 주지이다. 그런데 그곳에서 그는 주지 스님이라고 불리는 일이 별로 없다. 그냥 금강 스님이다. 평생 미황사를 다니고 있는 엄남포 노보살님도, 미황사가 후원하는 아랫마을 서정분교의 꼬맹이 산별이, 산들이, 한길이도 제 친구 이름 부르듯 그저 금강 스님, 금강 스님이다. 시쳇말로 주지 끗발은 꽝이다. 마음으로 부른다는 것, 자연인으로 불린다는 것, 그것은 얼마나 소박하고 정겹고 진솔한 풍경인가. 주지는 잠시 빌려온 이름. 직책을 떠나 그 사람이 좋아서 언제 어디서나 '금강 스님'으로 불리는 그는 정말 복많은 사람이다.

황지우 시인은 어느 시집 첫 장에 이렇게 썼다. '아버지 같은 나의 長兄 ○○스님께 이 시집을 바칩니다'. 나는 금강 스님께 어떤 수식어를 붙여 둘만의 관계를 의미지을 수 있을까? 한때 항간에는 그와 내가 사촌간이라는 말이 떠돌았었다. 우리의 주민등록증을 보면 더 그럴 듯하다. 속성이 같고 이름의 돌림자도 같으니 말이다. 그러나 그는 나에게 '동생 같은 친구, 친구 같은 동생'이다. 사제도반인 셈이다. 언젠가 내가 이런 말로 사랑을 고백했을 때 그는 무척이나 좋아했다. 광영이고 행복이라고까지 했다.

20년 전, 여러 수행처를 전전하다가 뒤늦게 들어간 중앙승가대학, 학보사, 그곳에서 선후배 기자로 우리의 인연은 시작되었다. 금강은 입학하기 전에 해인사 강원에서 수학하고 젊은 나이에 정토구현전국승가회라는 불교계 진보단체에서 활동하면서 불교와 사회의 만남을 체험했었다. 8.15 특별기획 '친일불교 청산'에 대한 그의 기사는 교계 안팎의 큰 호응을 받았다.

학보사에서 우리는 참 많은 이야기를 나누었다. 경전을 이야기했고, 분규가 끊이지 않는 불교계의 현실에 절망하고 울분을 쏟아냈고, 앞으로 우리들의 중노릇에 대해 설계하기도 했다. 그러면서 세상 사람들에게 부끄럽지 않은 삶을 살고, 세상 사람들에 대한 연민과 사랑의 끈을 놓지 않는 중이 되자고 다짐했다. 학보사 사무실에서 초저녁부터 시작한 정담과 법담은 토론으로 이어져 새벽을 맞는 일이 다반사였다. 어쩌면 공감과 교감을 이룬 그 숱한 토론의 시간은 지금의 밑그림을 그린 것인지도 모른다.

한국사회와 불교계를 흔든 94년도 종단개혁 때 나와 금강 스님은 더불어 치열하게 나름의 역할을 담당했었다. 개혁불사가 끝나고 우리는 잠시 떨어졌다. 나는 지리산 실상사로 들어가 도법 스님을 모시고 『화엄경』을 열람하면서 숙성의 기간을 보냈고, 금강은 선방에서 화두를 들고, 백양사에서 서옹 방장 스님을 모시고 무차대회를 열어 선의 대중화에 일조하였으며, 실직자 수련회를 열어 뭇 삶의 아픔을 함께 하기도 했다. 그때부터였을까. 그가 햇볕처럼 여러 가지 모습으로 여러 가지 이름으로 살아가기 시작한 것이….

떨어져 있어도 우리는 헤어진 적 없었지만 나와 금강은 해남에서 다시금 합류하게 되었다.

내가 나의 재적 본사인 대흥사의 총무와 부주지 소임을 보고 그가 대흥사의 소속 말사인 미황사의 주지가 되면서 우리는 수행과 전법, 자비의 구현이라는 보살행의 여정을 가까이에서 함께 하게 된 것이다.(금강 스님의 고향은 대흥사 아랫마을이다. 그래서 나는 그의 유년시절과 학창 시절의 로맨스까지도 마을 사람들에게 수집했다. 이것도 문의하면 성실하게 답변할 것이다.)

우리는 함께 적잖이 일을 '저질렀다.' 일곱 개 시군에 소속된 대흥사 본말사가 힘을 모아 조계종 제22교구 차원에서 지역사회에 불교적 역할을 다하고자 모범답안을 모색할 때 누구보다도 금강 스님과 의기투합했었다. 새벽숲길, 참사람의 향기, 한문학당, 산사음악회 등을 같이 기획하고 논의하고 역할을 나누며 우리는 신명이 났었다. 산문을 열어 세상 사람들을 맞으니 사람들은 너무도 좋아했다. 우리가 잘할 수 있는 것들을 정성으로 잘하면 우리도 좋고 세상 사람들도 좋을 것이라는 우리의 생각은 맞아 떨어졌다.

처음 시도한 한문학당을 성공적으로 마치고 먹은 완도 희래등의 자장면은 얼마나 달콤했던가. 정도리 밤바다가 백사장 달빛을 받아가며 불렀던 장사익의 〈찔레꽃〉과 정태춘의 〈떠나가는 배〉는 우리의 모세혈관 속에서 얼마나 절절했던가. 미황사 산방에서 날을 새우면서 한문학당 학동들의 얼굴과 이름을 하나하나 불러내어 그놈들의 악동짓거리와 대견하게 글 읽던 모습을 들추어내며 우리는 얼마나 행복했던가. 작은 음악회를 마치고, 서정분교 살리기를 마치고, 참선수련회를 마치고, 괘불재를 마치고나서 끝없이 이어지던 우리의 자화자찬 앞에는 나폴레옹의 무용담도 칭기즈칸의 승리담도 빛을 잃을 것이었다.

누구는 이렇게 말한다. 금강 스님은 이벤트에 강하고, 기획력이 뛰어나고, 일을 매우 좋아하는 사람이라고. 그러나 드러난 일을 유심히 보라. 그러면 사람이 제대로 보인다. 한 해 노동을 마치고 미황사 괘불 부처님 앞에 땀 흘려 거둔 쌀, 고구마, 김자반, 차를 올리는 사람들의 진지한 표정이나 일 년 동안 쓴 공책을 올리는 고사리 손의 감동은 만물공양의식이 결코 이벤트로 불릴 수 없음을 웅변한다. 거기서 느껴지는 사람 사는 세상에 대한 깊은 성찰과 연민, 무한한 애정은 기획력이 아니라 그의 깊은 진정성이다. 금강 스님이 10년 넘게 미황사와 살아오면서 이루어낸, 초등한문학당, 중등문화학교, 템플스테이, 참선 수련회, 서정초등학교 바로 세우기 등 다양다종한 일들이 모두 그러하다.

그가 해온 일들은 한마디로 '산중불교의 새로운 모색과 가능성'이라고 말할 수 있다. 그런데 좀 재미가 없는 표현이다. 다른 말로 하면 뭐가 될까. '세상 속으로 걸어 나온 절' '절로 오는 세상 사람들' 혹은 '마을에서 길을 찾다' '사람이 부처다.' 그리고 이 모든 것을 관통하는 축은 화엄의 세계이다. 화엄에서 말하는 하나 속에 여럿이 있고, 여럿 속에 하나가 있으며, 온전한 하나가 이루어지기 위해서는 온전한 여럿의 도움을 받아야 한다는 일즉다 다즉일(一卽多, 多卽一)의 그물코 인생 그물코 사랑의 세상을 말 할 것이다.

미황사, 이제 세상 사람들에게 위로와 안식의 솔바람이며 평온과 희망의 햇볕이 되어 있는 이곳은 저 홀로 미황사가 아니다. 사고의 전환 없이, 진정한 몸놀림 없이, 쉽게 얻은 이름이 아니다. 그것은 유정 무정의 뭇 삶들과의 관계 속에서, 이웃과의 다순 피를 교감하면서 힘들게 얻은 값진 이름이다. 햇볕이 세상에 내려와 무수한 이름을 얻었듯이 금강의 10년 세월은 세상에서 이렇게 불린다. '땅끝 마을 아름다운 절의 그 사람, 금강 스님'이라고, 이 하나의 이름에는 이미 무수한 이름이 들어있다. 그의 법랍 26년 세월도 고스란히 들어 있으리라.

한때 그는 미황사 주지 그만 두고 걸망 하나 의지하여 선방에서 평생 선수행에 몰두할까 깊이 고민했었다. 산사에서 수행하면 저자거리 대중에게 부채감이 있고, 저자거리 대중 속에서는 산사의 수행을 동경하는 이분법 속에서 그도 여느 수행자처럼 갈등했던 시기가 있었다. 이제 금강 스님은 개인이든 대중이든 삶 속에서 수행하는 길을 찾은 듯하다. 더는 머뭇거리지 않고 저어하지 않는 모습이 든든하기만 하다. 개인은 관계속의 존재이고 그런 존재가 관계하고 있는 것이 그대로의 삶의 모습이다. 행위와 행위사가 미리 실재하지 않고 연기하여 존재하고 살아가는 것과 같이, 이미 뭇 삶과의 관계 속에 있는 금강 스님은 일과 사람이 어울리는 가운데 자신을 단련하고 성숙시키는 수행자인 것이다. 그는 일로써 지혜와 자비심을 파종하고 일로써 지혜와 자비심의 결실을 수확하고자 한다.

일이 자신을 성숙시키는 수행이 될 수 있다는 것은 온전히 타당한 것일까. 불교 수행법인 팔정도(깨달음을 얻기 위한 여덟 가지 바른 자세)와 육바라밀(열반으로 가는 여섯 가지 수행)은 언제 어디서든지 구체적으로 '참살이'로 살아갈 것을 제시하고 있다. 참선 많이 하고 경전에 해박하더라도 자기 속에 갇혀 경직된 표정으로 살아간다면 수행은 아무 의미가 없다. 세상 속에서 사람과 더불어 살아가면서 바른 안목과 자애로움으로 웃음을 주고 겸손과 평정심으로 회향할 수 있다면 그것이 참살이 아니겠는가.

어느 날, 땅끝마을 지는 해를 황홀하게 바라보다가 그와 이런 말을 나누었다. 우리가 해온 일들은 칭찬받을 일이 아니라 지극히 당연하게 해야 할 일, 누구든 마음 내면 할 수 있는 평범한 일이 아닌가. 우리보다 훨씬 어려운 환경에서도 헌신적인 삶을 살고 있는 사람들은 얼마나 많으며, 우리보다 앞서 이런 일들을 해 온 사람들 또한 얼마나 많은가. 깊은 철학과 신념, 투철한 진단과 안목을 가지고 지속가능한 체계를 세우며 사회에 헌신하는 사람들에 비하면 우리는 얼마나 부족한가. 그러니 세상의 인정에 자만해서는 안 된다고, 끝까지 겸손하자고. 쉼 없이 연구하자고. 넓게 보고 높게 볼망정 낮은 곳으로, 낮은 곳으로 흘러 내려가자고. 그리하여 가장 낮은 곳에서 더 없이 깊어지자고.

나를

햇빛 속에

춤추게
했네

글. 박남준 (시인)

가끔 전라도 광주행 버스를 타고 가다 보면 보이는 백양사역. 그 이정표는 언젠가 꼭 한번은 소풍처럼 기차를 타고가다 내려 보고 싶은 호기심을 생기게 했다. 그러나 세상에 일어나는 호기심을 모두 해결하며 살기가 생각처럼 그리 쉬운 일이던가. 다만 그런 호기심을 마음 한 쪽에 두었을 뿐이었다.

그런데 이게 웬일, 세상에 인연 아닌 것 어디 있을까. 악연이든 선연이든 길을 가다 옷깃을 스쳐도 인연은 인연인 것, 그 많은 인연들 중에 내가 지금껏 살며 만난 소중한 인연들이 있다. 그 소중한 인연 중에 금강 스님과의 인연은 전혀 예기치 않은 일에서 시작되었다.

판화가 남궁산에게 연락이 왔다. 전남 장성 백양사의 고불미술관에서 초대전으로 열리는 자신의 판화전시회가 있는데 함께 가서 며칠 머물다 오지 않겠냐는 것이다. (아쉬운 후일담 하나, 남궁산의 생명 판화전을 끝으로 원래 창고로 쓰던 건물을 적지 않은 예산을 들여 꾸민 고불미술관은 신도들의 잠자리가 부족하다고 뒤에 객방으로 바뀌었다.)

지금은 지리산 자락 하동의 악양 땅에 살고 있지만 그 무렵 나는 전주의 모악산 자락 외딴집에 살고 있었을 때였다. 기차를 타고 백양사역에 내렸다. 한옥형태로 지어진 시멘트 골조의 백양사역, 그동안 내 호기심을 건드리던 것과는 거리가 먼 곳이기는 했지만 역

앞에 앉아 이른 봄 햇살을 받으며 담배 한 대 태워 물었다.

벚꽃놀이도 겸하자던 백양사로 가는 길, 벚꽃은 아직 일러 피지 않았고 현호색이라는 들꽃이 산비탈마다 무리무리 군무를 추며 이른 봄날을 노래하고 있었다. 바람결에 하늘거리는 아, 그 푸른 쪽빛의 잔물결 같은 춤이라니.

백양사에 갔다. 그곳 백양사의 고불미술관을 맡고 계시다는 한 스님을 뵈었다. 아니 저렇게 이쁜 스님도 다 있네. 장난꾸러기 같기도 하고 동자승 같은 스님의 뒤를 졸졸 따라다니느라 정작 그 때문에 간 남궁산의 판화전은 뒷전이었다.

그 날 저녁식사를 하다가 스님이 문득 바람노 쐴 겸 차를 타고 드라이브나 가지 않겠느냐고 제안을 해오셨다. 차를 탔다. 장난이 아니었다. 금강 스님의 차를 얻어 타 본 사람들은 알 것이다. 스님의 차를 모는 수준은 휙휙 씽씽, 거의 무한질주의 옐로우 카드 카레라이스(카레이서를 장난스럽게 빗대어 부르는) 수준이었다. 안전벨트를 확인해야했다.

달리는 차 안에서 물었다. 그런데 어디로 갑니까. 아, 미황사라고요? 해남에 있는 미황사라고요?

유곽을 찾듯 / 산을 건너왔으나 / 보이는 저 산으로 가면 / 모든 길의

지척은 / 첩첩의 빗장을 걸어 / 열리지 않는다 //

생애를 걸어가던 / 길이 있었어 / 그 길의 어디쯤 / 손짓하며 부르던 /

잘못 들었나 / 어디서부터 //

한때 이 산중에도 / 흥망이 있었지 //

멀리 불빛을 가둔 / 산문의 이쪽 허공 중에도 / 이를 곳이 있었는가 //

도처에 일어난 / 휑휑한 비명, / 시위 같은 바람이 / 문문을 걷어찬다 //

저 바람을 타고 / 나도 날아올랐던가 / 문밖에 떨어져 내렸던가 //

문득 흔들고 가는 / 생각 한편을 뚫고 / 고요를 가르며 / 땅— /

벼락처럼 울리며 / 꽂히는 풍경 소리 //

어떤 경전도 / 어떤 법어보다도 / 나를 관통하는 / 그 꾸짖음 //

눈 두는 곳이 / 절벽이다 / 생각이 미치는 곳이 / 절벽이다 //

그 절벽 앞에서 / 무릎꿇어 보았는가 / 절벽의 발걸음 / 되돌려

보았는가 //

건너오면 캄캄하도록 / 되짚어 건너야할 / 강이 굽이굽이 놓인 / 절대적

/ 이 불온한 윤회 / 제발 //

길이 보이지 않는다

—「불온한 윤회」 전문

홍타령의 한 대목에 그런 절절한 노랫말이 있다. "내 정은 청산이요 님에 정은 녹수로구나 녹수야 흐르건만 청산이야 변할리야…" 사랑도 사람의 일이라고 했던가. 그리하여 한치 내일 앞을 알 수 없는 미망의 삶이므로 변하지 않는 것은 없다고 했는가.

젊은 날의 사랑이 있었다. 그렇게 흔들리지 않을 것 같던 내 젊은 날의 서슬 푸른 사랑도 잊혀지고 지워져서 장막 같은 안개를 피워 올렸다. 마치 벼리지 않은 날이 녹슬고 무디어진 채 스스로를 허물고 무너지듯 이제 그 흔적이 까마득하다.

그러나 만나고 헤어지던 그 인연과 사랑의 일들이 나를 여기에 이르게 한 힘이었다는 것, 그것이 다시는 반복하고 싶지 않은 쓸쓸함과 전망의 늪과 같은 것이었을지라노.

그 젊은 날, 사랑을 잃어버린 나는 부유하는 것만이 스스로를 지키며 버텨내는 것이라 생각했다. 세상의 문밖을 기웃거렸다. 다만 하루의 날이 저물고 다시 눈을 뜨기까지, 그 날을 견뎌내는 것이 살아가는 것이라 여겼을 뿐, 그 어떤 소망의 이름을 그때 내 헤매임의 발길 앞에 두었던 것은 아니었다.

그랬던가. 아니다. 그때 내가 주문처럼 소원하던 것이 있었다. 이생에서의 삶이 끝나면 다시는 그 어떤 이름으로도, 그 어떤 생명의 끈으로도 인연 지어지지 말았으면 하는 간절한 것이 있었다. 미황사를 찾았던 게 그 무렵이었던가. 남쪽 땅의 여기저기를 애써 눈감

으며 다니던 끝이었다.

멀리 달마산이라는 기암절벽의 산세에 끌려 기웃거렸던 곳. 절은 마치 폐사지처럼 영락의 한편에 비켜선 채 퇴락해가고 있었다. 물 한잔을 얻어 마시고 발길을 돌렸다. 대웅전 앞 당간지주를 보며 이미 옛 사랑을 더듬었다. 잠시 머물던 미황사의 풍경은 까마득히 내 기억 속에 바래어져 갔다.

스님의 차에 몸을 싣고 우리는 미황사로 내달렸다. 밤길의 미황사는 멀고도 멀었다. 저만큼 달마산을 뒤로 두고 가는 길, 땅끝마을에 내려 긴 밤길의 목을 축였다. 봄밤의 바닷가에 안개처럼 자욱한 갯내음이 떠나온 내 고향 법성포를 떠올린다.

다시 그 어린 날의 바닷가로 돌아갈 수는 없겠지. 그때 내가 그렇게도 두려워했던 어른이 되어버린 것이야. 정말이지 이제 늙어버린 것이야. 밤바다가 칭얼거리듯 작은 포구의 방파제에 기어오르며 찰랑거린다. 금강 스님과 그리고 다시 찾아온 미황사와의 인연은 그렇게 시작되었다.

그날 이른 봄밤, 동백꽃이 후두둑 져 내리는 미황사에서 하루를 보냈다. 언제 잠에 들었는가 눈을 떴는가. 새벽 창을 열고 바라본 멀리 진도바닷가의 푸른 미명 앞에 나는 한동안 말을 잃었다.

새벽예불을 드리며 백팔배를 드렸다. 고맙습니다. 저를 다시 여기에 부르셨습니까. 제가 아직 세상의 어디에 쓰임이 있습니까. 이렇게 미망으로 가득 찬 못난 고기 덩어리일 뿐입니다. 제 원망하는 마음 다 들으셨습니까. 그렇다면 이제 쓰십시오. 나를 드리오니, 온전히 다 드리오니….

아침이다. 대웅전의 주춧돌 위 기어오르듯 새겨있는 게를 보며 옛 석공의 장난기 같은 짓궂은 웃음을 떠올렸다. 스님과 함께 부도전에 갔다. 맑은 웃음들이 부도전에 번져갔다. 우리 일행은 마치 보물찾기를 하듯 부도의 여기저기를 살펴보며 감탄사를 내질렀다.

경건해야할 부도전의 곳곳에 토끼가 방아를 찧는 모습이, 황새가 한 다리를 꼬고 있는 것도, 게가 물고기를 물고 있는 것도, 어느 것 하나 동심의 어린 날로 돌아가게 하지 않는 것이 없었다.

미황사까지는 아직 멀다 마음은 저 산너머로만 가 닿는데
이제 나아갈 길은 없구나
밤바다가 낯선 발자국에 자꾸 몸을 뒤집는다
여기까지라니 먼저 밀려온 물결이 땅 끝에 이를 때마다
부르지 않은 지난 일들이 나지막한 이름을 부른다

봄밤이 깊다 달마산 너머
열나흘 지나 보름 달빛이 능선을 향해 오를수록

산은 한편 눕고 혹은 일어나기를 거듭한다

잊었다는 듯이 잊지 않았다는 듯이

그래 때가 되면 이슥고 가야지

꽃숭어리째 붉은 동백이 긴 봄밤을 끝내 참을 수 없다는 듯

땅바닥에 뚝뚝 목을 내놓는다

미황사까지가 멀다

그때 대웅전에 들며 나는 왜 그 말을 떠올렸을까

미황사를 등뒤로 발길을 떼어놓는다

내게 있어 아득히 잡히지 않는 먼길을 떠올린다

결국 알 수 없는 그곳까지가 멀다

—「미황사」 전문

우리 집 자동응답기에 전화벨이 울린다. 저 금강입니다. 하늘 말나리 꽃이 올해는 더 많이 피었습니다. 한번 오셔요. 진달래가 햇살처럼 환해요. 쩝 하면 입맛 다시는 소리요, 툭 하면 땡감 떨어지는 소리라는 얘기가 있다. 툭, 하면 나는 미황사로 떠나갔다. 동백이 한창이네요. 미황사로 달려갔다. 그리하여 다시 쩝, 백련 꽃이 곱습니다. 햇차를 맛보고 있어요.

그 무렵 미황사에서 그리 머지않은 곳에 자그마한 연못이 있는데 백련이 아주 곱다는 연락이 왔다. 금강 스님으로 인해 알게 된 인연들, 아름다운 지인들과 금당이라는 연못을 찾아가 차를 마시며 문득 그런 이야기를 나눴다. 차회를 만들자고, 그렇게 하여 지금껏 이어온 모임이 금당다회라는 차 모임이다.

매화꽃이 피었을 때, 연꽃이 필 무렵, 국화꽃이 한창일 때, 그리고 동백과 눈꽃이 피는 계절, 일 년에 네 번 차회를 갖는 금당다회는 그렇게 시작되었다.

내 몸은 그예 미황사에 떨어져 내렸다. 작은 음악회에 시 낭송을 한다고, 단식을 한다고, 차회를 한다고, 달마산에 오른다고, 그때마디 동자승 같은 금강 스님은 맑고 환한 웃음으로 나를 반겼다. 아는 이들이 내게 그런 농을 건넸다. 올 추석에도 친정에 가는가? 내가 미황사에 뻰질나게 드나들며 추석이나 설 명절에도 미황사에 가서 있다고 건네는 말이다.

어느 추석날 밤, 보름달이 휘영청 할 때 스님과 달마산에 올랐다. 산 능선 바위에 걸터앉아 달 바라기를 하다가 그 때 처음 해바라기라는 스님의 노래를 들었다.

그곳 금강 스님과 미황사의 인연으로 인해서 많은 아름다운 이들을 만났다. 내가 춥고 음습한 모악산을 떠나 이곳 따뜻한 지리산 자락 악양으로 이사를 오게 된 것도 금강 스님과 스님으로 인해 알게 된 강순형 관장과 같은 지인들의 배려 때문이다. 그곳 미황사, 내 어둠 속에 가만히 등불을 밝혀 넣었으며 자폐의 문을 열어 출렁이는 햇빛 속에 춤추게 했다.

이제 금강 스님을 자주 만날 수 없다. 미황사가 작고 아담한 절이 아니라 웅장한 건물들로 가득한 큰절이 되어버린 것처럼 스님이 하는 일이 많아져서 그만큼 바빠졌기 때문이다. 아이들의 한문학당을 하고, 참선공부 모임인 참사람의 향기, 음악회, 여기저기 정기적인 법회….

섭섭하지 않다. 금강 스님의 향기가 세상의 곳곳에 퍼져나가야 하지 않겠는가. 정말 섭섭하지 않는가. 험험, 그래도 큰절이 아닌 조그마한 암자 같은 곳에 계시면 어떨까하고 조금은 섭섭하다.

땅끝 마을

미황사의 성공 전략

글. 서화동 (한국경제신문 문화부 차장)

미래학자 앨빈 토플러가 '제3의 물결'이라고 예견했던 것 이상으로 정보통신(IT)의 혁명적 변화와 발달은 인간의 삶에 미증유의 변화를 몰고 왔다. 이같은 변화는 종교가 처한 환경도 크게 바꿔 놓았다. 정보화·세계화의 급속한 진전은 이전에는 낯설었던 종교를 이웃종교로 친근하게 만들었고, 인적·물적·문화적 교류가 국경과 문화권을 넘어 활발해지면서 온갖 종교들이 같은 시공간에서 공존하며 경쟁하게 됐다. 종교사회학자 피터 버거(Peter Berger)가 '종교의 시장상황'이라는 말로 압축했듯이 가톨릭과 개신교, 불교, 이슬람 등 세계의 다양한 종교들이 각축을 벌이게 된 것이다.

이에 따라 이전처럼 특정 국가와 지역을 특정 종교가 지배하는 구도도 깨지기 시작했다. 특정 종교가 한 사회의 지배적인 가치관을 형성하면서 사회 전체를 통합했던 기능은 약해졌다. 대신 다양한 종교들이 개인의 가치관이나 생각에 따라 선택되었다. 독점적 지배종교가 없는 사회로 가고 있다는 얘기다.

한국도 예외가 아니다. 바탕에는 유교와 무속적 가치관이 깔려 있지만 불교, 개신교, 천주교, 원불교, 이슬람, 민족종교 등 다양한 종교들이 공존하고 있고 종교 간의 경쟁도 치열하다. 종교를 상품으로만 봐서는 곤란하겠지만 동일한 시장(한국)에서 동일한 소비자(국민)를 대상으로 마케팅(선교·포교)을 하는 만큼 경쟁이 없을 수 없다. 또한 경쟁이 있는 한 상품(종교)의 경쟁력과 시장점유율

(종교별 인구비율)을 따지는 것은 당연하다.

2005년도 인구주택 총조사 결과 대한민국의 종교 인구는 2,497만여 명으로 10년 전에 비해 238만 명(10.5%) 증가했다. 또 종교 인구 중 불교 인구는 10년 전보다 40만여 명, 천주교 인구는 219만여 명이 늘어난 반면 가파른 성장세를 거듭해오던 개신교 인구는 감소세로 돌아서 충격파를 던졌다. 종교 간의 경쟁이 현실적으로 어떤 결과를 빚어내는지 보여주는 사례다. 최준식 이화여대 교수는 "사회적 기능은 터무니없이 약하고 사회구성원의 밝고 편한 생활을 유도할 수 있는 생산성도 별로 없는 종교계야말로 구조조정 대상 1순위"라면서도 종교 스스로 구조조정을 할 가능성에 대해서는 비관적으로 전망한 적이 있다. 그러나 고맙게도 종교가 처한 '시장상황'이 구조조정을 이뤄내고 있는 것이다. 현실적 삶이든 영적 삶이든 그 삶을 행복하게 하는 데 도움이 되지 않는 종교는 사람들이 멀리하게 되고 '대체상품'(대안)을 찾아 떠나기 때문이다.

그렇다면 '시장상황'에 놓인 불교의 경쟁력은 어느 정도일까. 최준식 교수는 "우리나라 종교계는 각각의 종교들이 철옹성을 구축한 채 배타적인 자세로 그 안에 안주하면서 '종교장사'를 하고 있다"고 꼬집으면서 "불교가 그렇게 많은 자원을 가지고 그렇게밖에 장사를 못하는 데 어안이 벙벙할 뿐"이라고 지적한 적이 있다. 주말마다 등산이든 관광이든 절을 찾아오는 수많은 사람들에 대한 서비스만 대폭 개선해도 포교가 잘 될 것이라는 얘기였다.

불교가 현대사회에 제대로 적응하지 못하고 있다는 지적도 많다. 끊임없이 사회와 소통하며 호흡을 같이 하고 이끌어가야 하는데 사회의 변화를 좇아가기에도 급급하다는 것이다. 변화된 상황에 걸맞는 새로운 태도가 필요하다는 지적이 나오는 것은 이런 까닭이다. 일상의 삶에서 제기되는 다양한 문제들에 대한 해답을 지속적으로 제공하지 않는다면 불교의 경쟁력은 떨어질 수밖에 없다. 시대의 징표, 변화의 움직임을 먼저 읽고 준비하지 않으면 기회마저 위기가 되기 십상이다.

더구나 현대사회가 복잡다기한 만큼 종교에 요구하는 역할은 크고도 많다. 개인의 영혼구원은 물론 전인적 삶을 이끌어야 하고, 사회통합의 역할도 맡아야 한다. 미래에 대한 예측을 바탕으로 인류가 지향해야 할 비전과 목표를 제시하는 일, 전에 없이 새롭게 제기되는 문제들에 대한 해답을 제공하는 일, 국가·인종·민족·계층·지역·이념 등으로 인한 갈등을 중재하고 화해시키는 일 등 거시적인 차원에서부터 불안과 스트레스로 고통 받는 개인들에게 평안과 휴식을 제공하는 등의 미시적인 일까지 종교가 해야 할 일은 너무나 많다. 이런 역할을 잘 감당하면 그 종교가 흥하고 그렇지 않으면 여론의 따가운 시선과 비판에 직면하게 된다.

실제로 생존경쟁에서 앞만 보며 질주하느라 지친 현대인들에게 종교는 존재 그 자체만으로도 위안이 되는, 맑은 향기의 원천이다. 무소유를 실천하며 수행정진하는 스님들의 삶, 중도와 연기의 가르침을 생활 속에서 실천하는 신자들의 모습은 그 자체로 감동과 위안을 준다. 또 웰빙 붐과 함께 명상, 참선, 절, 호흡 등 각 종교의 수행법과 수행공동체의 절제된 생활양식은 종교적 관심사로서 뿐만 아니라 현실의 삶을 보다 건강하고 안락하게 하는 수단으로서 각광받고 있다. 이 같은 종교의 역할은 각 종교가 자발적으로 할 일이지 누가 강요하는 것은 아니다. 하지만 이런 역할을 폭넓게 수행하지 않으면 경쟁체제인 '시장'이 그 종교를 '구조조정'하게 된다. 증가일로를 걷던 개신교 신자 수가 최근 늘어 감소세로 돌아선 것은 시대의 징표를 읽지 못하고 성장만능주의, 선교지상주의에 빠진 채 '교회 밖의 세계'를 외면했기 때문이다. 불교 역시 예외는 아니다.

여섯 가지 열쇠말로 살펴본 미황사의 성공요인

이런 점에서 눈에 띄는 성공사례가 있으니 바로 땅끝마을의 아름다운 절 해남 미황사이다. 지금은 전국적으로 유명한 사찰이지만 10여 년 전만 해도 미황사는 많은 이들에게 낯선 이름이었다.

1993년 유홍준 교수가 『나의 문화유산 답사기』 첫머리에 '남도 답사 일번지'로 강진·해남을 소개하면서 대흥사·일지암과 함께 미황사와 땅끝마을을 포함시켰다. 이후 남도답사 붐이 일었다. 그러나 땅끝은 여전히 먼 곳이었다. 교통 여건이 많이 좋아진 지금도 서울에서 자동차로 6시간, 부산·대구에서도 4시간 이상 걸리는 곳이라 여간해서는 찾아갈 엄두를 내기 어렵다.

그런데도 해마다 미황사를 찾는 사람이 10만 명을 넘는다. 달마산의 기암괴석을 병풍처럼 뒤에 두르고 낙조가 장엄한 바다를 앞에 둔 경치 때문만은 아니다. 땅끝마을의 아름다운 절이라는 이름에 혹해서 오는 것도 아니다. 한문학당, 템플스테이, 참선수행 프로그램 '참사람의 향기', 괘불재와 음악회, 해맞이·해넘이, 어르신 노래자랑 등 다채로운 프로그램으로 사람들을 불러 모으기 때문이다. 미황사의 연간 템플스테이 참가자는 5,000여 명. 가을에 열리는 괘불재엔 1,500~2,000명이 다녀간다. 2000년 여름부터 방학 동안에 열고 있는 어린이 한문학당은 신청자가 많아 경쟁이 치열하다.

땅끝의 고요했던 절이 이렇게 수많은 방문객들을 불러 모을 수 있을까. 위치나 지명도, 사세(寺勢), 인력, 자원 등 어느 면으로 봐도 다른 절에 비해 불리한 미황사가 불과 10년 만에 수많은 프로그램을 선보이며 산중 사찰의 현대적 모델로 자리 잡고 있는 까닭은 무엇일까. 그것은 '땅에서 넘어진 자, 땅을 딛고 일어서라'는 보조 스님의 말씀대로 미황사가 처한 현실적 상황과 조건을 잘 이해하고 악조건을 장점으로 바꾼 지혜 덕분이다.

그 주역은 1989년부터 차례로 주지를 맡은 지운·현공·금강 스님이다. 이들은 폐사지나 다름없던 이곳에 하나 둘 건물을 세워 그 옛날 융성했던 사격(寺格)을 되찾았다. 또 지역사회와 현대인들이 요구하는 사찰의 역할을 스스로 찾아 나섰다. 그 과정이 순탄했을 리 없다. 웬만큼 자리가 잡힌 사찰도 새로운 건축불사를 시작하면 살림이 빠듯한데 한편으로 절을 짓고 한편으로 사찰의 역할을 하나 둘 채워가야 했으니 힘이 드는 것은 당연지사다. 그런데도 미황사는 이제 전국적 지명도를 가진 명찰의 반열에 올랐다. 그 비결이 뭘까.

첫째는 건물을 짓는 불사(佛事)와 사찰운영의 분리다. 사찰 건축에 남다른 감각과 열정을 갖춘 전 주지 현공 스님(현재 미황사 회주)이 건물 불사를 맡고 금강 스님은 사찰 운영을 맡아 건축불사로 인해 사찰운영이 부실해지지 않도록 했던 것이 주효했다. 신라 경덕왕 8년(749년)에 창건된 미황사는 조선 중기까지만 해도 수십 채의 당우에 300여 명의 스님들이 살던 큰 절이었으나 1887년 중창불사에 필요한 시주금을 구하러 완도·청산도로 떠난 군고단(軍

鼓團, 풍물패) 40여 명이 풍랑을 만나 몰사한 이후 폐사지나 다름 없이 퇴락했다.

1992년부터 주지를 맡아 중창불사를 시작한 현공 스님은 2001년 주지 자리를 금강 스님에게 넘긴 뒤에도 불사에만 전념해 대웅보전과 명부전, 삼성각, 만하당, 부도암 등 전각 일곱 채와 세심당(수련원)·향적당을 비롯한 요사채 아홉 채를 복원했고, 부속건물 여섯 채를 신축했다. 그 사이 금강 스님은 전통 강원 시스템을 응용한 초등학생 한문학당, 템플스테이, 참선수련회 등 다양한 '소프트웨어'를 개발해 '멀고 낯설었던' 미황사를 '친숙하고 아름다운 절'로 바꿔놓았다. 주지가 바뀌면 핵심인력과 사업까지 바뀌는 문제를 전·현 주지의 신뢰와 파트너십으로 극복한 것이다. "미황사가 지금처럼 아름다운 모습을 되찾은 것은 드러나지 않게 중창불사에 헌신한 현공 스님 덕분"이라는 금강 스님의 말이나 "사찰운영을 잘한 금강 스님 덕분"이라는 현공 스님의 말은 얼마나 듣기 좋은가.

미황사의 두 번째 성공요인은 '한 건물부터 제대로 짓는다.'는 방침이다. 장기간에 걸친 불사인 만큼 여러 곳에 공사를 벌여놓기보다 건물 하나하나마다 최선을 다해 사격(寺格)을 갖추도록 지어야 신뢰를 얻을 수 있다는 것이다. 현공 스님은 누각인 자하루의 1층

기둥 32개를 수입 홍송 대신 국산 육송으로만 쓰기 위해 3년 동안 전국의 목재소를 일일이 돌아다녔다. 건물 서까래를 나무의 곁가지로 쓰지 않고 소나무의 밑동을 포함한 원줄기로만 쓰기 위해 강원도의 한 목재소에 웃돈까지 주고 왔으나 윗부분을 섞어 보내오자 일일이 골라내 되돌려 보낸 일도 있다.

셋째는 지역주민을 사찰의 일원으로 끌어들이는 적극적인 친화전략이다. 산사음악회, 괘불재 등 사찰 행사에 지역민을 대거 참여시켜 주인공으로 만드는 것이다. 매년 10월 열리는 괘불재에선 지역민들이 1년 농사의 수확물을 불전에 바치는 '만물공양'이 하이라이트다. 햅쌀, 콩, 호박, 깨 한 되, 매듭공예, 떡, 박사학위 논문, 학교에서 받은 상장 등 각자 소중한 것을 공양물로 내놓는다. 산사음악회에선 사하촌 주민들로 이뤄진 주부풍물패, 어르신 소리꾼 등이 '해남 들노래'와 남도 판소리, 청산도 바닷노래를 비롯한 지역의 전통문화를 선보인다. 덕분에 제1회 산사음악회 때부터 음향설비와 조명을 맡아온 해남의 한 전파사 대표는 이 지역 최고의 음향전문가가 됐고, 소리꾼 할아버지는 다른 곳에서도 초청 받을 만큼 유명인사가 됐다고 한다. 사찰이 지역민과 단절되거나 지역민을 들러리로 만들 게 아니라 지역민들과 함께 호흡해야 한다는 게 금강스님의 지론이다.

넷째는 가용자원을 최대한 활용하는 적극성이다. 미황사가 템플스테이 프로그램을 운영하겠다고 했을 때 "그 먼 곳까지 누가 간다고 그런 일을 벌이느냐"는 사람이 많았다. 하지만 2008년 미황사의 템플스테이 참가자는 5,118명으로 템플스테이 프로그램을 운영한 전남 지역 13개 사찰 가운데 가장 많았다. 유서 깊은 대찰인 백양사(3,002명), 화엄사(2,506명), 대흥사(2,393명), 송광사(2,114명)보다도 더 많은 사람들이 미황사를 찾았다. 어린이 한문학당, 청소년 문화학교, 365일 상시 템플스테이 운영 등의 차별화된 프로그램으로 지리적 불리함을 극복한 덕분이다.

도시에서 멀다거나 시설 부족 등의 이유를 대기보다 현재 갖고 있는 조건을 최대한 활용할 수 있는 프로그램을 개발해야 한다는 걸 미황사는 보여줬다. 미황사는 사찰축제에 지역민을 대거 참여시키고, 시인·국악인·가수 등 다양한 인사들을 초청하는 한편 불교계는 물론 일반 언론까지 활용해 인지도를 높였다. 조계종 차원의 홍보는 비교적 잘 하는 편이지만 개별 사찰들은 지금도 홍보에 미숙하거나 홍보 마인드가 부족한 게 사실이다. 그러나 미황사는 초기부터 대외 홍보에 적극적이었다. 한문학당이 초기부터 많은 사람들의 관심을 끌었던 데에는 홍보의 공이 컸다. 미황사는 또 경내지를 정비하는 과정에서 나온 돌로 축대를 쌓았다. 비싼 값을 치르며 다른 곳에서 석재를 사다 축대를 쌓기보다 달마산의 돌로 축대를 쌓았으니 일거양득이었던 것이다. 악조건을 호조건으로 만드는 노력이 돋보이는 대목이다.

다섯째, 먼저 손을 내밀고 환영하라는 게 미황사의 미덕이다. 많은 사람들이 사찰을 찾아가지만 아는 사람이 없을 경우 잠시 쉴 자리도 찾기 어려운 낯선 공간이다. 하지만 미황사에선 방문객이 오면 누구나 기꺼이 안내자를 자청한다. 금강 스님은 누구든 차별없이 자신의 방에서 차를 내접하고 이야기를 나눈다. 금강 스님에겐 세상 이야기와 사람들의 고민을 들을 수 있는 자리요, 방문객들은 호기심의 대상이던 절집살이를 직접 들을 수 있는 기회다. 또 방문객이 잘 곳을 원하면 형편껏 방을 내주고, 인연 있는 작가들에겐 집필공간도 제공한다. 그래서 이곳을 다녀간 사람들은 멀리서도 미황사의 지원군이 된다. 입소문을 내고 인터넷으로 퍼뜨린다.

여섯째, 미황사의 살림은 투명하게 운영된다. 금강 스님은 사무장에게 많은 재정적 권한을 부여했고, 사무장은 일주일에 한 번꼴로 이뤄지는 불전함 정리를 반드시 '2인1조'로 한다. 특히 여러 사람을 번갈아 불전함 정리에 참여시켜 절 살림의 규모를 서로 알 수 있는 기회로 삼는다.

머리를 맞대 지혜를 모으고, 손을 맞잡아 힘을 합치면 못할 일이 없다. 미황사 스님들처럼 최선을 다하면 '종교의 시장상황'이 대수이겠는가. 20년에 걸쳐 아름다운 절을 가꿔놓고도 "평생 정갈한 마음으로 미황사를 가꿔온 땅끝마을 신도들, 한문학당과 템플스테이·참선수행 프로그램 참가자들을 비롯해 멀리서도 미황사를 생각하고 그리워하는 모두가 미황사의 주인"이라고 공을 돌리는 금강 스님과 현공 스님이 있는 한 미황사는 앞으로도 오래 동안 사람들로 북적댈 것임에 틀림없다.

땅끝마을 아름다운 절

2010년 1월 20일 초판 1쇄
2018년 1월 25일 초판 10쇄

글 : 금강 스님
발행인 : 박상근(至弘)
편집인 : 류지호
상무 : 이영철
편집 : 김선경, 이상근, 양동민, 주성원, 김재호, 김소영
디자인 : 안그라픽스 김경범
제작 : 김명환
마케팅 : 허성국, 김대현, 최창호, 양민호
관리 : 윤애경
펴낸곳 : 불광출판사
03150 서울시 종로구 우정국로 45-13 3층
대표전화 02) 420-3200 / 편집부 02) 420-3300 / 팩시밀리 02) 420-3400

출판등록 1979.10.10(제300-2009-130호)

ISBN 978-89-7479-572-6
값 14,000원

홈페이지 www.bulkwang.co.kr

불광출판사는 (주)불광미디어의 단행본 브랜드입니다.